UNERWARTETE FAHRT

EINE DUNKLE MAFIA-ROMANZE (NIE ERWISCHT 1)

JESSICA F.

INHALT

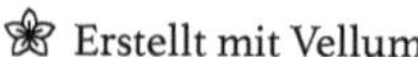 Erstellt mit Vellum

KLAPPENTEXT

Ich habe heute Nacht ein Auto mit einer gefesselten Frau im Kofferraum geknackt.

Sieht aus, als hätte ich ihr das Leben gerettet — ist das nicht ironisch?

Jetzt bietet sie mir einen Haufen Juwelen an, um sie nach Montreal zu bringen.

Ich akzeptiere den Job, damit ich eine Chance habe, sie selbst zu bekommen.

Die ersten Nächte sind heiß — aber sie hat ein Geheimnis.

Sie ist die Tochter des Mafiabosses—und er will sie zurück.

Ich hatte in meinem ganzen Leben noch keine so fantastische Frau.

Ich werde wie der Teufel fahren, um sie zu beschützen.

Aber mit der Mafia und dem FBI auf unseren Fersen, haben wir da eine Chance ungeschoren davon zu kommen?

PROLOG

Carolyn

Datum: 29. Dezember 2018

Standort: Lloyd, New York, 1,5 Stunden vor New York City
Zielperson: Alan Chase
Strafregister: versiegelte Jugendakte. Keine Erwachsenenakte.
Verdächtigt in 34 verschiedenen Fällen des schweren
Kraftfahrzeugdiebstahles in New York, New Jersey und
Connecticut. Regelmäßig wegen Mangel an Beweisen
entlassen. Zielperson wurde nie erfolgreich festgenommen
oder inhaftiert.

Ich lehne mich von meinem Laptopbildschirm zurück und
strecke mich, wobei mein Rücken knackt. Ich bin steif vom
Fahren, und das schlechte Wetter leid. An einem guten Tag sind
es von der New Yorker Außendienststelle nur eineinhalb
Stunden, aber ich habe soeben drei Stunden Stoßstange an
Stoßstange im Verkehr verbracht, und das im strömenden
Regen.

Ich bin hier, weil mein Boss mich hasst — die talentierte und ehrgeizige neue Mitarbeiterin, die hierher versetzt wurde — und er hasst mich so sehr, dass er mich auf eine aussichtslose Verfolgung von Kriminellen ansetzt, die so gut sind, dass sie nie ausreichend Beweise oder Zeugen zurückgelassen haben, um sie zu belasten. Alle fünf stehen hinter einer langen Liste von Verbrechen, aber wir konnten die Anklagepunkte nie aufrechterhalten. Ich habe eine ‚Abschussliste‘ von fünf Zielpersonen landesweit, und Alan Chase ist der Erste darauf. Wenigstens ist er nur ein Dieb. Nie gewalttätig—nur geschickt, raffiniert. Es gibt Männer, die viel schlimmere Dinge als Autodiebstahl begangen haben — insbesondere Nummer fünf. *Aber ich will nicht an ihn denken. Konzentriere dich auf unseren* Road Runner *hier.*

Alan Chase ist ein makelloser Dieb. Erst recht ein Weltklassefahrer. Er könnte den Fahrern der NASCAR einen harten Wettkampf bieten, laut Aussage des Polizisten aus Long Island, der versucht hatte, ihn auf der Fernstraße zu verfolgen.

„... ich bin seinem Stoßdämpfer nicht einmal nahe gekommen. Der Kerl ist durch den Verkehr, den Wind und den Regen geschwommen wie ein verdammter Fisch durch die Strömung. Er wusste einfach, wo die sich die Lücken im fließenden Verkehr auftun würden."

„... er hat auch niemanden in Gefahr gebracht. Hat ein paar Blechschäden verursacht, indem er Leute erschreckt hat, hat aber nie jemanden gerammt, um mir den Weg zu versperren, ist nicht einmal entgegen der Fahrtrichtung gefahren, hat nie den Seitenstreifen berührt."

„... er war einfach weg. Ich war nicht einmal in der Lage, ihm so zu folgen, dass ich alles mit der Dashcam hätte aufzeichnen können, geschweige denn sein Gesicht zu sehen."

Ich stehe auf, um ein paar Übungen für meinen Rücken zu machen, und mache mir einen Kaffee. Das alte Hotel hat

Heizungen, die am laufendend Band Geräusche machen und einen ratternden Aufzug; es klang, als würde es mit ihm zu Ende gehen, als ich mein Gepäck nach oben brachte. Aber es ist wesentlich gemütlicher als die zugige Wohnung, die ich in Brooklyn mit zwei Mitbewohnern teile.

Anscheinend verbringe ich Neujahr wieder mit Arbeit. Aber das ist in Ordnung. Ich habe sowieso keine Familie, zu der ich nach Hause fahren könnte.

Alan Chase lebt laut seinem aktuellen Vermieter seit drei Monaten in Lloyd. Er hat sehr wahrscheinlich etwas mit der Zunahme an Autodiebstählen zu tun. Also sitze ich hier fest und spioniere ihm nach, bis wir ihn bei etwas erwischen, oder er weiterzieht.

Ich öffne Chases Fotogalerie und runzle anhand des lächelnden Gesichts auf meinem Bildschirm die Stirn.

Süß.

Schelmisches Grinsen, etwas ungepflegt. Dunkelbraunes Haar, dunkle Augenbrauen, hellbraune Augen mit einem Hauch rot darin — wie Sonnenlicht, das durch Gläser voller Sherry scheint. Schmaler Kiefer, athletisch, aber grobes Aussehen. Die Art von Kerl, die in Jeans lebt.

Heiß, aber nicht mein Typ. Einer der fünf, die ich verfolge, ist mein Typ, aber ich versuche, nicht an ihn zu denken.

Wenn ich wachsam und clever bin, und Glück habe, werde ich meinen Road Runner in Lloyd fangen. Ansonsten wird er sich wieder hinter die kanadische Grenze verziehen, um sich zu verstecken, und mein Boss Daniels wird mich nach einer Runde erniedrigender Standpauken hinter dem nächsten Typen herschicken.

Derek Daniels ist ein tyrannisierendes Arschloch, der keine Verwendung für Frauen hat, die nicht mit ihm schlafen wollen. Er hat mich hierher geschickt, um zu bestätigen, dass ich nicht das nötige Etwas besitze, um Teil des FBI zu sein. Ich bin hergekommen, um ihm zu zeigen, dass er falschliegt.

Ich bin da. Ich habe Kontakte, Bestechungsgeld, Hinweise und ein Profil. Jetzt muss ich nur darauf warten, dass Chase einen Fehler macht. Vorzugsweise einen großen.

1
———

ALAN

Ich habe eine Schwäche für den Ford LTD.

Es ist total dämlich, ich weiß. Aber als mein Opa in Rente gegangen ist, kam er mit einem Ford LTD Crown Royal nach Hause, den er beruflich gefahren hatte, und ich liebte dieses Auto. Es war riesig, leistungsstark und fuhr sich wie ein Traum.

Ich habe in diesem blauen LTD das Fahren gelernt. Opas Vater hat früher Alkohol von Kanada über die Grenze geschmuggelt und ihm beigebracht, wie man dieses Riesenschiff von Auto wie einen geölten Blitz fährt. Hinter dem Lenkrad dieses Autos hat er mir alles beigebracht, was er wusste und es mir dann in seinem Testament vermacht, und ich habe es für zehn Jahre gefahren.

Anschließend hat es irgendein betrunkenes Stück Scheiße von der Seite gerammt — während es verdammt nochmal geparkt war. Der Krach an sich hat mich förmlich aus dem Bett geworfen. Brechendes Glas, auseinanderreißendes Metall — der Todesschrei eines verdammt guten Autos.

Der Bastard war mit neunzig Sachen unterwegs gewesen. Hat beide Autos zu einem Totalschaden gemacht und sich beinahe dabei umgebracht. Wie sich herausstellte, hat er den LTD für das Auto des Kerls gehalten, von dem er annahm, er würde seine Freundin vögeln.

Warum würde irgendjemand woanders nach Liebe suchen, wenn man so ein Vorbild an liebevoller Beständigkeit wie diesen Kerl zu Hause hatte? Pfui!

Das war das einzige Mal, dass mein wirklicher Name in einem Polizeibericht aufgetaucht ist. Das Gesetz war in mehreren Städten hinter mir her, aber sie wissen nie, nach wem genau sie suchen. Ich bin ein Geist.

Ein Geist, der wie besessen fährt.

Heute Nacht habe ich einen spitzenmäßigen Ford LTD Crown Victoria im Visier, restauriert und aus der Mitte der 80er Jahre. Schwarz, anstatt des Dunkelblaus, an das ich mich erinnere, aber genauso elegant und gewaltig. Chromleiste, eine durchgehende Rückbank, auf der man vögeln könnte, ohne sich irgendwo den Kopf anzustoßen. Zwei große, schmierig aussehende Kerle aus der Stadt haben die Limousine soeben an der hintersten Ecke des Parkplatzes des Diners zurückgelassen, und ich schlendere jetzt hinüber, um sie mir näher anzusehen.

Der Schlüssel, um spät abends unbemerkt zu bleiben, liegt darin, sich lässig und entspannt zu verhalten, als gehörte man dazu. Ich bin nur ein Kerl, der aus dem Diner spaziert, mit Hipster-Rollmütze und enganliegender, grauer Jacke, die Haare aus dem Gesicht gestrichen, und mit einer schwarzgerahmten Brille, die meine Augen bedeckt.

Ich habe das Outfit vor einem Monat bei *Goodwill* ausgesucht. Ich bin immer *inkognito* unterwegs, wenn ich auf der Suche nach einem Auto bin, das ich klauen kann. Ich hatte nicht geplant, direkt eines vom Parkplatz zu nehmen, aber für eine weitere Fahrt in meinem Lieblingsauto bin ich versucht, es zu riskieren. Zumindest wird sich niemand an Details über mich erinnern, die ich nicht sofort verändern kann.

Es ist eine eiskalte Nacht, mein Atem strömt sichtbar durch die Lücke in meinem hochgeklappten Kragen, als ich den Parkplatz überquere. Mitten auf dem Asphalt ist eine große Eisfläche. Ich weiche ihr aus und gehe weiter.

Vielleicht sollte ich das Auto nicht nehmen. Es ist theoretisch immer noch im Blickfeld der Caféfenster.

Aber es ist mehr als nur Nostalgie, die mir sagt, ich solle es nehmen. Mein Bauchgefühl sagt es mir ebenfalls. Ich bemerke, dass die Scheinwerfer des Autos eingeschaltet sind.

Warte ... das ist doch wohl ein Witz.

Der Motor des Autos läuft, der Auspuff qualmt, die Heizung läuft und Frank Sinatra ertönt aus einer guten Stereoanlage. Die Schlüssel sind im verdammten Zündschloss! Es ist, als hätten sie das Auto absichtlich laufen lassen, damit es warm bleibt.

Das bedeutet, dass sie eine Bestellung zum Mitnehmen aufgeben und in ein paar Minuten zurück sein werden. Denk schnell, Chase!

Ich tue es!

Ohne aus dem Tritt zu geraten, gehe ich zur Fahrertür, öffne sie mit einer behandschuhten Hand, steige ein, schließe die Tür und suche nach irgendwelchen Überraschungen. Auf der Rückbank liegt ein violetter Hartschalenkoffer. Was ist im Kofferraum, dass sie den Sitzplatz für Gepäck verwenden? Ich lege meinen Rucksack von *Goodwill* daneben. Ich schnalle mich an und fahre rückwärts, gerade so, als wäre es mein Auto, und mache ich mich auf den Weg nach Hause.

Hier gibt es nichts zu sehen, alles ist völlig normal ... Ich fahre entspannt, nicht zu schnell, nicht zu langsam, wobei ich die Eisfläche umfahre.

Ich schaffe es über den Parkplatz und manövriere die Schnauze des LTD in den Verkehr, um abzubiegen, als ich einen Schrei höre. Im Rückspiegel sehe ich zwei fette Trottel in meine Richtung trampeln; ihre Mäntel wehend im Wind, Tüten mit

Essen und Waffen in der Hand haltend, das Aufblitzen von Chrom warnend.

Oh Scheiße!

Einer schießt und ich schlingere vorwärts in den Verkehr, wobei ich eine Kugel vom gefrorenen Asphalt abprallen höre. Die Räder rutschen auf der vereisten Straße, bevor sie auf einem Stück Sand landen und wieder greifen. Eine weitere Kugel folgt und schlägt auf der hinteren Stoßstange auf.

„Scheiße! Scheiße! Scheiße!"

Die Autos auf der Straße halten für mich an; niemand will sich mit einem riesigen, alten, stählernen Auto anlegen, das in den Verkehr schießt. Ich erreiche die rutschige Straße, drehe das Lenkrad gerade genug, dass der Ford abbiegt — und die Ampel an der Ecke wird rot und bringt den Verkehr auf jeder Seite zum Stehen. *Wollt ihr mich verarschen?*

In der Falle sitzend, richte ich meinen besorgten Blick zurück auf den Parkplatz. Die beiden streiten, wobei der eine dem anderen die Waffe herunterdrückt, als wollte er nicht, dass auf sein Auto geschossen wird. Ich kann es ihm nicht verübeln — besonders da ich nicht will, dass weitere Kugeln in meine Richtung fliegen.

„Komm schon", murmle ich und zähle die Sekunden, bis die Ampel umspringt. Es wäre eine beschissene Art zu sterben, durchlöchert in einer Mittelklasselimousine, die seit den späten Neunzigern nicht mehr ordentlich bewegt wurde.

Sie bemerken, dass ich feststecke, und beginnen so schnell sie können über den Parkplatz zu rennen. Ich starre sie entsetzt an ... ich bin geliefert! Selbst wenn ich das Auto zurücklasse und über die vier Fahrspuren renne, bin ich trotzdem in Reichweite ihrer Kugeln. *Chase, du bist ein Idiot! Das war eine wirklich schlechte Idee!*

Dann geschieht ein Wunder. Eines, das ich im Moment

vermutlich nicht verdiene. Sie rennen auf die große Eisfläche, ohne es zu bemerken.

Der erste Kerl tritt mit dem Absatz seiner schicken Budapester auf das Eis und legt einen unangenehm aussehenden Spagat hin, wobei er alarmiert aufschreit und versehentlich in die Luft feuert. Der zweite Kerl kann nicht rechtzeitig anhalten und rennt in ihn hinein. Sie gehen beide in einem schwankenden Wirrwarr zu Boden. Und ich denke endlich daran, zu blinzeln.

Tschau, Jungs! Ich lache bellend auf, als die Ampel umspringt und der Verkehr in Bewegung kommt. Ich trete langsam auf das Gaspedal, als die Fahrbahn vor mir leerer wird ... und plötzlich bin ich frei!

Die Straße ist mein Zuhause. Vier Reifen auf dem Asphalt, genug Platz zum Rangieren und ein gutes Auto. Das ist meine Vorstellung von Komfort. Und selbst nach Jahren der Abstinenz, in einem LTD zu sein gibt mir das Gefühl, dass ich genau da bin, wo ich hingehöre.

Ich fahre aus Lloyd raus und riskiere keinen Halt innerhalb der Stadt. Ich habe keine Ahnung, wer diese Kerle waren, oder warum sie Waffen hatten, aber es war ziemlich offensichtlich, dass sie entweder das Auto oder etwas darin schützen wollten.

Den Koffer? Oder vielleicht das, was auch immer den Kofferraum ausfüllt? Der Inhalt ist vermutlich wertvoll.

Ich könnte einen guten Treffer gebrauchen, bevor der Winter wirklich kommt. Er hat dieses Jahr spät angefangen, abgesehen von einem großen Schneesturm im November. Ein wenig zusätzliches Kapital wäre nett, bevor ich bis zum nächsten Jahr dicht mache.

Ich bin zwanzig Meilen in Richtung Norden, als die Tankanzeige des LTDs immer mehr auf leer zugeht. Die nächste Stadt, West Camp, ist noch ein paar Meilen entfernt: eine Ansammlung aus Häusern um eine Kirche herum, ein paar Geschäfte und eine Tankstelle neben einem Nachtcafé.

Unglücklicherweise werde ich dieses Fahrzeug stehenlassen müssen, im Wissen, dass wütende, bewaffnete Männer danach suchen. Es ist am besten, es am Stadtrand loszuwerden und einen anderen Weg nach Lloyd zurückzunehmen.

Jedenfalls, nachdem ich herausgefunden habe, was diese Kerle beschützen wollten.

Ich parke den LTD auf einem Parkplatz in der Nähe des Stadtrands. Es ist so spät, dass außer des Cafés und der Tankstelle nichts geöffnet ist, und beide erstrahlen in einladendem Licht. Das ist gut, ich brauche Kaffee und einen warmen Ort, an dem ich auf meine Mitfahrgelegenheit warten kann.

Aber eins nach dem anderen.

Ich kontrolliere den Koffer. Er riecht nach einem zarten, teuren Parfum, und ich finde eine Reiseflasche — die aus blau emailliertem Gold in Form eines verdammten Pfaus ist. Dieser Koffer gehört einer wohlhabenden jungen Frau, die entweder richtig heiß ist, oder denkt, sie sei es.

Da sind ein halbes Dutzend schicke, heiße Outfits: Seide, überwiegend in Blautönen, einschließlich Unterwäsche für eine kurvige, vollbusige Frau. Nicht viel Schmuck, aber das, was hier drin ist, würde für ein paar Monate die Miete meiner Wohnung bezahlen. Ein schwerer, gefütterter Wollmantel und ein Paar überraschend zweckmäßige Lederstiefel nehmen die andere Seite in Anspruch.

„Wow. Wem habt ihr Arschlöcher das denn gestohlen?", murmle ich und sehe mich kurz um, bevor ich mich wieder dem Koffer zuwende. Meine Finger fahren über den Futterstoff, wobei ich auf mehrere rechteckige Klumpen stoße.

Das sind Geldbündel, da bin ich mir sicher. Die kleineren Klumpen fühlen sich mehr wie Schmuck an. *Schmuggel? Oder ein persönliches Versteck?*

So oder so, gut für mich. *Wer es findet, darf es behalten!*

Ich schließe die hintere Tür und gehe nach hinten, um den Kofferraum zu öffnen. *Wenn die einen solchen Jackpot vor aller Augen haben liegen lassen, wie wertvoll ist dann das, was da hinten versteckt ist?*

Das könnte richtig gut werden! Es vielleicht sogar wert sein, beinahe dafür umgebracht zu werden?

Ich öffne den Kofferraum und das kleine Licht geht an. Ich stehe für einen Moment blinzelnd da und starre nach unten.

Ein großer Wäschesack aus Leintuch — der dicke Stoff, mit dem man viel transportieren kann — füllt beinahe den kompletten Raum aus. Die gekrümmte Form darin lässt in meinem Kopf Alarmglocken schrillen — besonders da mir nicht der Geruch dreckiger Wäsche, sondern der Duft desselben zarten Parfums entgegenkommt, nachdem auch der Koffer duftete.

„Oh, Scheiße!"

Ich beginne, das dicke Seil zu entknoten, das den Sack wie eine riesige Kordel verschließt, und ziehe an dem Stoff, um es zu lösen. Etwas lässt mir das Herz noch tiefer in die Hose rutschen: ein Büschel rotblonden Haares.

„Bitte sei keine Leiche." Ich öffne den Sack weiter und ziehe ihn ihr über das Gesicht. „Bitte sei am Leben. Ich wusste überhaupt nicht, dass du hier drin bist..."

Sie ist wunderschön. Zarte Gesichtszüge mit glänzendem Haar und vollen Lippen. Sie ist vielleicht so um die zwanzig? Ihre Wangen haben Farbe. Sie atmet.

„Oh, heilige Scheiße! Okay. Da haben Sie mir für einen Moment Angst gemacht, Lady." Ich befreie sie von dem Sack; sie trägt eine Lederhose und die passende Lederjacke, mit einer Seidenbluse darunter.

Sie rührt sich. Ich bemerke einen kleinen Bluterguss an der

Seite ihres Halses, der sich um einen roten Punkt gebildet hat. Eine Einstichstelle?

Kein Wunder, dass sie so ruhig und still war. Sie ist betäubt! Vielleicht lässt die Betäubung jetzt nach, da sie an der kalten Luft ist?

„Hey." Ich tätschle die Seite ihres süßen Gesichts. „Hey, wach auf, wir müssen hier weg."

Entführung? Die haben sie entführt! Heilige Scheiße, ich habe soeben ein Entführungsopfer gerettet!

Das ist vielversprechend. Vielleicht nicht so vielversprechend, wie mit ihrem Zeug abzuhauen, aber ein Kerl wie ich kann reiche Freunde immer gebrauchen. Besonders wenn sie herzzerreißend schön und mir gewaltig etwas schuldig sind.

Ich nehme sie an den Schultern und schüttle sie sanft. Sie rührt sich, runzelt im Schlaf die Stirn und seufzt leise.

„Das ist besser. Komm zu dir. Ich weiß, dass du müde bist." Ich beginne mir Sorgen zu machen. Je schneller wir von hier wegkommen, desto besser. Dieses Auto hat vielleicht einen Peilsender ...

Vielleicht sind sie jetzt unterwegs, um ihr verdammtes Auto zurückzubekommen. Und natürlich, um mich umzubringen.

Ich lasse sie aufwachen, während ich mir meinen Rucksack schnappe und schnell meine äußeren Klamotten wechsle. Ich schüttle meine Haare auf und setze eine mit Wolle gefütterte Sherlock-Holmes-Mütze auf, wie sie viele der Einheimischen tragen. Die fürchterlich enge Jacke wird durch einen schweren, rot karierten Mantel ersetzt.

Als ich zu ihr zurückkomme, ist sie wieder eingeschlafen.

„Verdammt, Süße, das ist nicht gut", grummle ich, hebe sie aus dem Kofferraum und setze sie auf die Kante.

Sie sackt nach vorne und ich halte sie an den Schultern aufrecht. Ihre Lider flattern — und öffnen sich rasend schnell.

Sie starrt mich schockiert und verwirrt an. Sie sieht sich um, ihre himmelblauen Augen weit aufgerissen.

„Was —?!?", keucht sie, wobei ihr schwacher Brooklyn-Akzent das Wort schärfer macht.

„Psst, bitte schrei nicht, es ist okay." *Was kann ich sagen, um sie zu beruhigen?* „Du bist gerettet."

Ihr Mund schließt sich und sie blinzelt, dann schüttelt sie den Kopf. „Wer bist du?"

„Äh, das ist eine lange Geschichte. Ich erzähle dir alles, sobald wir von hier weg sind."

2

MELISSA

"Hör mal, es scheint, als magst du den Kerl nicht, Melissa, aber dein Dad lässt dir in der Sache keine Wahl. Es tut mir leid. Ich muss tun, was mir gesagt wird, genau wie du."

Das ist Benny — groß und freundlich, immer pragmatisch. Er ist der Nettere der beiden, die mir mein Dad hinterhergeschickt hat. Der andere ist Dave: ruhig, kalt, nachdenklich. Unheimlich.

"Enzo hat versucht, mich zu vergewaltigen, Benny. Er wollte nicht einmal warten, bis wir verheiratet sind! Er hat zwei andere Brüder! Wenn Dad mich mit einem Castello verheiraten will, warum dann nicht mit einem von ihnen?" *Ich blicke zwischen ihnen hin und her und verteidige mich so ruhig, wie meine Panik es zulässt.*

Wie haben sie mich gefunden? Ich war so verdammt vorsichtig. Ich habe den Bus genommen, für alles bar gezahlt, Kleidung angezogen, die ich nie tragen würde. All das Leder ... ich sehe aus wie eine Biker-Hure — und für was?

Sie haben mich nicht einmal zwei Stunden außerhalb der Stadt gefunden, und jetzt werden sie mich nach Hause zerren. Betäubt. Was auch immer sie mir injiziert haben, es setzt bereits ein.

"Es ist nicht meine Entscheidung, aber ich werde es deinem Vater *gegenüber erwähnen. Trotzdem, du weißt, wie er ist. Enzo Castello wird dein zukünftiger Mann. Er wird wahrscheinlich viel netter sein, sobald ihr verheiratet seid. Er ist nur begeistert, weil du heiß bist."*

Seine ruhige, freundliche Stimme zögert nie. Der andere starrt mich an, bewusst, aber gleichgültig, wie eine Katze.

„Bitte nicht", flehe ich ein letztes Mal. Aber es ist zu spät. Benny hat einen Wäschewagen mit einem leeren Sack darin mitgebracht, und ich kann mich nicht mehr bewegen.

Ich schluchze angsterfüllt, als sie mich in den Sack stecken.

Als ich die Augen wieder öffne, fühle ich mich, als würde ich träumen. Ein Fremder setzt mich auf die Kante des Kofferraums in die kalte Luft. Wir sind irgendwo im Norden des Staates; es ist dunkel, im Wind liegt der Duft von Nadelbäumen und Schnee.

Der Mann ist kein Italiener. Er ist heiß: groß, dunkelhaarig und ein wenig ungepflegt; er hat helle Augen. Ich kann ihre Farbe im Halbdunkel nicht erkennen. Er lächelt erleichtert, während ich versuche, meinen Fokus zurückzuerlangen.

„Wie ist dein Name?", fragt er.

„Melissa", murmele ich, ohne meinen Nachnamen zu nennen. Jeder kennt ihn. „Du?"

„Du kannst mich Chase nennen." Er sieht mich von oben bis unten an, wobei sein Blick auf meinem Gesicht hängen bleibt. „Hör mal, ich weiß nicht, wer diese Kerle waren, die dich entführt haben, aber wir müssen dein Zeug nehmen und dieses Auto stehen lassen. Kannst du gehen?"

Ich zögere. Meine Beine fühlen sich jetzt fast stabil genug an, da mich die Kälte aufweckt, aber ich habe keine Ahnung, wer dieser Kerl ist. „Ich glaube schon. Aber wir müssen *all* mein Zeug aus dem Auto holen, bevor wir es stehen lassen, ansonsten werden sie wissen, wohin ich abhaue."

Mein Zeug und etwas von Benny, das er immer im Handschuhfach aufbewahrt.

„Holst du den Koffer?", frage ich. Für den Fall, dass er eine Waffe hat, will ich seine Hände beschäftigen.

„Klar, ich kümmere mich darum. Hast du jemanden, den du anrufen kannst?" Sein Tonfall ist so unschuldig, dass ich mein bitteres Lachen herunterschlucken muss.

„Nein", seufze ich beim Aufstehen und lehne mich schwer an das Auto, dann gehe ich zur Beifahrerseite. „Jedenfalls niemand, der in der Nähe ist."

Marcel und Amelie warten in Montreal auf mich. Sie haben mir eine Unterkunft angeboten, wenn ich zur kanadischen Grenze fliehe. Sie haben keine Ahnung, dass ich Montreal gewählt habe, weil mein Dad schreckliche Angst vor der Mafia-Familie hat, die die Stadt kontrolliert; je weniger sie von meinen Problemen wissen, desto sicherer werden wir alle sein.

Ich muss dafür sorgen, dass mein Vater nie die Namen der Freunde erfährt, die mir helfen. Mein Handy ist voll mit Unterhaltungen, und Benny hat es mir abgenommen. Er hat es im Handschuhfach aufbewahrt.

„Ich muss mein Handy holen. Dann können wir los. Hast du einen Weg aus der Stadt raus?"

„Daran arbeite ich. Wir können im Café warten, bis meine Mitfahrgelegenheit zurück nach Lloyd herkommt." Ich höre sein leises Schnaufen, als er meinen Koffer von der Rückbank holt. Er ist so freundlich und heiter ... aber nicht wie Benny. Er klingt verwirrt, als gewöhnte er sich immer noch an den Gedanken, dass er eine Frau im Kofferraum gefunden hat.

Also ist er entweder ein sehr guter Schauspieler, oder er ist wirklich schockiert, mich entdeckt zu haben.

Ich öffne die Tür und das Handschuhfach. Mein Handy gleitet von einem Stapel alter, zusammengefalteter Landkarten herunter und mir in die Hand. Dann folgt der im Holster befindliche .38 Revolver.

Ich fange ihn. Er liegt schwer in meiner Hand. Es ist eine Weile her, seit ich einen abgefeuert habe, aber ich beabsichtige auch nicht, es jetzt zu tun.

Ich brauche nur Antworten.

Er kommt mit dem Koffer in den Händen und dem Beginn eines Satzes auf den Lippen zu mir, dann blinzelt er nur die Waffe in meiner Hand an. Ich richte sie nicht direkt auf ihn, halte sie aber auch nicht von ihm weg.

„Es tut mir leid, aber ich wurde soeben von Gangstern betäubt und in einen Kofferraum gesteckt, und ich bin nicht in der Stimmung, jemandem zu vertrauen. Wie passt du in all das hinein?"

Chase blinzelt mich schockiert an, als hätte ich sein Bild von mir völlig zerstört. Das ist eindeutig kein gewalttätiger Kerl.

„Komm schon, bring mich nicht dazu, sie auf dich zu richten. Ich hasse Waffen eigentlich", seufze ich.

„Ich auch. Äh, naja, die einfache Antwort ist, dass ich das Auto gestohlen habe." Er lächelt unbeholfen, während er seine Hände sichtbar lässt — was ihn noch süßer aussehen lässt.

„Was?" Ich lasse die Waffe leicht sinken, woraufhin er sich entspannt. Dieser Kerl ist es nicht gewöhnt, dass Waffen auf ihn gerichtet werden. „Du hast ... Bennys Auto *gestohlen*?"

„Ja, okay?" Er verzieht das Gesicht. „Ich habe das Auto gestohlen, bin aus Lloyd verschwunden und habe dann realisiert, dass du im Kofferraum bist, woraufhin ich dich befreit habe. Wer zur Hölle ist Benny?"

Ich bin noch nicht bereit, diese grauenhafte Geschichte zu erzählen. Ich bin kurz davor, zu weinen. „Ich stelle die Fragen. Hast du in Lloyd einen sicheren Unterschlupf?"

„Äh ... ja, mein Haus ..." Er sieht mich besorgt an. „Was planst du?"

„Ich muss diese Kerle abschütteln. Du hast sie soeben

beklaut, also musst du sie auch abschütteln." Ich denke noch einen Moment darüber nach, dann stecke ich die Waffe zurück in das Holster und klemme es in den Bund meiner Lederhose. „Ist es Teil deines Plans, dich in Lloyd zu verstecken?"

„Bis sich die Dinge entspannt haben, ja." Er sieht zunehmend besorgt aus, obwohl ich die Waffe weggesteckt habe. „Hör mal, ich will mich nicht in deine Sachen einmischen, aber äh ... vor welcher Art Probleme läufst du weg?"

Ich sehe Chase für ein paar Sekunden an, dann seufze ich. „Nicht hier. Lass uns ... irgendwo hingehen, wo es warm ist und auf deine Mitfahrgelegenheit warten."

DAS CAFÉ IST ein Restaurant im Stil der Fünfzigerjahre. Ich ziehe meinen Wollmantel an und bedecke meine Haare mit seiner Rollmütze, bevor wir hineingehen. Mein neuer *Freund* hat den Kleidungswechsel vorgeschlagen.

Er hat diese Sache mit dem Autodiebstahl schonmal gemacht. Schon oft.

Er holt ein billiges Handy hervor und beginnt zu tippen, während wir die windgepeitschte Straße zu dem geöffneten Café entlanggehen. „Du hast mir nie gesagt, wovor ich dich gerettet habe", erinnert Chase mich. „Oder warum du dich bei mir verstecken willst."

„Hör mal, für den Moment erzähle ich dir die Kurzform. Mein Dad ist ein Monster, er will, dass ich ein anderes Monster heirate. Diese zwei Kerle, die du zurückgelassen hast, arbeiten für ihn." Meine Lippen beginnen zu zittern und ich presse sie zusammen. Ich will wirklich nicht in der Nähe dieses Kerles weinen.

„Monster — oder Gangster?", fragt er leise.

Tränen treten mir in die Augen und ich atme zittrig ein. „Beides", murmle ich.

„Okay, okay. Du bist immer noch betäubt, du kennst mich nicht, bringen wir dich erst mal wieder in Ordnung und ins Warme."

Er berührt meine Schulter und ich unterdrücke eine weitere Welle der Tränen.

„Ich habe nicht erwartet, dass irgendjemand eingreift, selbst durch Zufall", gebe ich zu. „Ich bin immer noch fassungslos."

„Äh, ja, das ist logisch. Ich bin immer noch überrascht, dich gefunden zu haben." Dieses unbeholfene Lachen. Jungenhaft, aber sanft.

Ich mag ihn. Und nicht nur, weil er mir den Arsch gerettet hat. Oder weil er wirklich heiß ist.

„Wie sieht dein Plan aus, um hier wegzukommen?", frage ich dringlich. „Dads Leute werden wahrscheinlich nicht erwarten, dass du nach Lloyd zurückkehrst."

„Ja, das tun sie nie." Er kratzt sich am Kinn. „Ein Abschleppfahrzeug holt das Auto, und ein anderer holt uns. Geschätzte Ankunftszeit ist in einer halben Stunde."

„Ein Abschleppfahrzeug? Sag deinem Kerl, er soll nach einem Peilsender suchen", sage ich besorgt, woraufhin er nickt und noch einen Moment weiter tippt. „Es ist in Ordnung, der Kerl ist ein Profi und wird sich darum kümmern." Er steckt sein Handy wieder zurück in die Tasche. „Du, äh ... du musst dich wirklich irgendwo verstecken?"

Der Blick, den ich im zuwerfe, ist vermutlich verzweifelt. „Nur für die Nacht. Ich kann im Moment nirgendwo anders hin." Waffe hin oder her, ich arbeite daran, ihm zu vertrauen.

Wenn er kein gewalttätiger Dieb ist, dann wird ihn eine Sache überzeugen: das Geld, das ich verstecke. „Ich kann dich bezahlen."

„Äh ..." Sein Blick wandert über mich und dieses unbeholfene Lächeln kehrt zurück. „Okay ... Melissa. Tausend Mäuse pro Nacht, du folgst meinen Anweisungen und erzählst mir die ganze Geschichte darüber, was hier vor sich geht."

Er würde vermutlich noch etwas anderes vorschlagen, aber er ist Gentleman genug, es nicht zu erwähnen.

Das allein sagt gute Dinge über ihn. Wie wird er auf die ganze Geschichte reagieren. Vielleicht wird er sogar aufgebracht sein, wie Marcel es war, als ich ihm gesagt habe, was Enzo getan hat.

Das wäre eine nette Veränderung. „Geht klar. Also, wie sieht der Plan aus?" Jetzt, wo ich den Schlägertypen meines Vaters entkommen bin, habe ich ein paar Optionen, um anonym zur Grenze zu reisen. Aber eine weitere Idee bildet sich in meinem Kopf.

Wie nett ist dieser Kerl? Ist er ein guter Fahrer? Und wie interessiert ist er an Geld?

„Wir warten für eine Weile ab, die Dinge beruhigen sich, du ziehst weiter." Er seufzt. „Und ich setze mich für die Saison zur Ruhe."

„Du meinst den Autodiebstahl?"

„Das und ein paar Kurierarbeiten — alles, bei dem ich viel fahren muss. Im Schnee ist es alles andere als praktikabel, also nehme ich mir im Winter immer frei."

Ich denke schnell, als wir das Café erreichen. „Kann ich dich an noch einer weiteren Lieferung interessieren, bevor du für das Jahr dicht machst?"

Wir verstummen, bis wir sitzen und die mollige Kellnerin unsere Kaffeebestellungen aufgenommen hat. „Was hast du dir da vorgestellt?", fragt er.

Ich sehe zu ihm auf — und halte inne, sprachlos über die Farbe seiner Augen, die im guten Licht jetzt zu sehen sind. Sie sind goldbraun, mit leicht kupferfarbenem Unterton, ähnlich wie Juwelen. „Ich muss innerhalb der nächsten Tage eine Lieferung nach Montreal machen." Ich kann meinen Freunden eine

Nachricht zukommen und sie wissen lassen, dass ich spät dran bin.

„Was ist das Paket?", fragt er, während er die Speisekarte studiert. Ich sehe meine gar nicht erst an. Mir ist durch die Betäubung zu übel, um zu essen.

Ich schenke ihm mein mutigstes Lächeln. „Ich."

3

***

ALAN

Also will sie eine Fahrt nach Montreal? Es ist nicht meine erste Fahrt über die Grenze. Und wer läuft schon vor der Polizei davon, aber nicht vor der Mafia. Weniger Regeln — mehr Gefahr.

Während ich darüber nachdenke, vibriert das Wegwerfhandy.

Ich sehe auf den Bildschirm. Marty schreibt mir zurück. **Ich bin hier.**

Suche erst nach dem Peilsender, er wird hochwertig sein. Wenn es das Auto eines Gangsters ist, dann hat es vielleicht noch mehr gemeine Überraschungen als nur einen Peilsender. Und das ist schon schlimm genug.

Ich blicke zu Melissa auf. „Das kann ich tun, aber reden wir über die Einzelheiten und legen ein paar Grundregeln fest. Das alles wird dich viel kosten." Ich halte meinen Blick auf ihr Gesicht gerichtet, auch wenn er immer wieder versucht, über die Vorderseite ihres Mantels zu wandern, als würde ich hoffen, durch die Schichten aus Wolle und Leder blicken zu können.

Mein Urteilsvermögen ist im Moment merkwürdig. Es passiert nicht jede Nacht, dass man eine betäubte, entführte und sehr heiße Frau rettet, die vor der Mafia wegläuft. Oder vor ihrem Vater, dem Mafiaboss, sollte ich sagen.

Oh ja, Süße, wenn ich dich vor deinem Dad beschütze und dich über die Grenze bringe, dann wirst du wesentlich mehr als tausend pro Nacht bezahlen.

Aber nur mit Geld. Sie ist heiß, und die schüchterne Art, auf die sie mich ansieht, weckt mein Interesse. Selbst wenn ich für sie den Hals riskiere, manche Dinge sind gegeben, nicht verdient.

Das wird mich allerdings nicht davon abhalten, bezüglich des Geldes so viel herauszuholen wie möglich. Nenn es Gefahrenzuschlag.

Mein Handy vibriert erneut. **Habe es gefunden. Es hat zusätzliche Verkabelung. Soll ich es deaktivieren?**

Ich versteife mich leicht. **Nein. Ist es auf der Innenseite der Stoßstange?**

Ja, an der Hinteren. Warum?

Lass die zusätzliche Verkabelung in Ruhe. Deaktiviere es nicht. Mach einfach den ganzen hinteren Stoßdämpfer ab und lass ihn dort.

„Was ist?", fragt sie mich leise, wobei sie ihr Kinn auf die Außenseite ihrer Handgelenke stützt. Süß, aber nicht flirtend. Ihre Augen sind matt vor Erschöpfung.

„Du hattest recht mit dem Peilsender. Er lässt ihn zurück, ohne ihn zu deaktivieren. Er hat ein paar andere Drähte gefunden."

„Du hast ihm gesagt, sie in Ruhe zu lassen?" Ihre Stimme wird noch leiser.

„Ja. Keine Sorge, er kennt sich damit aus."

Wenn man beruflich Fahrzeuge stiehlt, braucht man Möglichkeiten, um sie weiterzuverkaufen, ohne dabei eine Spur zu hinterlassen. Ich verlasse die Stadtgrenze, gebe die Schlüssel einem Typen, der sich um den Transport kümmert und als

Autoverwerter getarnt ist, und lasse das Fahrzeug von ihm abschleppen, nachdem er mir meinen Vorschuss gezahlt hat. Den Rest meines Anteils bekomme ich später.

Unser Kaffee wird serviert und ich bestelle uns beiden ein Stück Apfelkuchen.

„Versuch es einfach", bitte ich sie sanft, mehr als besorgt über ihren Zustand.

„Okay", murmelt sie.

Ich kontrolliere mein Handy. **Keine Komplikationen mehr,** lautet die Nachricht. **Du bekommst nur tausend Dollar dafür.**

Schick es mir nach, antworte ich. **Danke, dass du in der Kälte rausgekommen bist. Wir sehen uns im Frühling.**

Kein Problem, Bruder. Frohes Neues.

„Okay, das Abschleppen ist geregelt", sage ich leise und nehme meinen Kaffee. Ich bin ziemlich froh, dass ich auf dem Weg zurück nicht fahren muss. „Unsere Mitfahrgelegenheit sollte in zehn Minuten da sein. Wir treffen ihn draußen."

Der Kuchen ist ziemlich gut, er schmeckt tatsächlich mehr nach Apfel und Gewürzen als nach Zucker. Melissa isst beharrlich von ihrem, ihre Augen sind riesig und verletzlich, trotz der Waffe, die sie im Hosenbund stecken hat. Ich weiß, dass sie die Waffe genommen hat, weil sie mich nicht kennt, und ich nehme es ihr nicht übel, aber als sie sie in der Hand hatte, hat es mir einen ordentlichen Schauer den Rücken heruntergejagt.

Waffen lasse ich bleiben. Ich kenne die Sicherheit im Umgang mit Schusswaffen, ich weiß, wie man zielt, feuert und sie repariert. Aber ich hasse sie. Ich habe gesehen, was damit angerichtet werden kann, deswegen lasse ich die Finger davon. Das Einzige, was mich nicht erschreckt hat, ist, dass sie begierig gewesen zu sein schien, sie wieder wegzustecken.

„Ich kann immer noch nicht glauben, dass das passiert", murmelt sie. Sie hält erneut Tränen zurück. Ich habe zugesehen, wie sie sie zurückkämpft, seit sie die Augen geöffnet hat.

„Du meinst, dass du entkommen bist?" Ich leere meine Tasse und stelle sie auf der Tischkante ab.

Sie nickt. „Äh ... ja, ich habe beinahe aufgegeben. Ich sollte dir danken."

„Naja", ich lehne mich nach vorne, um ihr in die Augen zu sehen, „gern geschehen. Ich hoffe wirklich, dass jemand dasselbe für mich tun würde."

Warum wird mir dieses Mädchen so wichtig? Sie bezahlt mich, um auf sie aufzupassen — und sie vielleicht sogar zur Grenze zu bringen. Sie hatte eine beschissene Zeit — aber ich bin ein Dieb, kein Heiliger. Mich mit ihr zu verstricken — hauptsächlich emotional — wird gefährlich.

Sie nippt an ihrem Kaffee und stellt ihn ab, um viel Zucker und Milch hinein zu kippen. „Zu stark", murmelt sie.

„Gehen wir davon aus, dass deine Freiheit von Dauer ist." Je mehr ich darüber nachdenke, desto wütender macht es mich. *Wer tut seiner eigenen Tochter so etwas an?* „Die Angst wird dich kaputtmachen, und glaub mir, wenn du eine Fahrt willst, dann heuerst du den Besten an. Das wird dich allerdings etwas kosten."

„Ich kann bezahlen, was auch immer du willst", sagt sie mit stillem Selbstvertrauen. „Ich muss nur zu meinen Freunden kommen."

Es wäre wirklich nett, den Winter einen Schritt näher bei ‚wohlhabend' zu beginnen. „Woran denkst du?"

Die Kellnerin kommt vorbei, um mir nachzuschenken, und Melissa beschäftigt sich damit, an ihrem Kuchen zu stochern. Mit ihrem wunderbaren, hochgesteckten Haar und ihrem durch den Mantel versteckten Körper sieht sie aus wie ein Kind: mit großen Augen und verletzlich.

Sie tippt eine Zahl in ihr Handy und schiebt es mir zu.

Ich nehme es. Meine Augen werden riesig. **500.000**

Die Kellnerin verschwindet und ich blinzle Melissa an. „Es

muss eine Geschichte dafür geben, warum es so viel ist."

„Ja. Aber ich erzähle die ganze Sache nicht, bis wir allein sind." Sie steckt ihr Handy wieder in ihre Handtasche und sieht zu mir auf. „Okay?"

Ich nicke. „Klingt fair." *Je mehr ich darüber nachdenke, desto mehr klingt es nach einem Gefahrenzuschlag. Wer zur Hölle ist ihr Vater?*

„Nur dass du es weißt", sage ich zu Melissa, als wir das Café verlassen, „der Fahrer hat keine Ahnung, was vor sich geht. Ihm wurde eine Verschleierungsgeschichte erzählt. Wir sind ein verheiratetes Pärchen, das zurück nach Lloyd will. Dir geht es nicht gut."

„Tut es auch nicht", gibt sie zu. „Ich frage mich, was die mir gegeben haben."

„Trink viel Wasser und Sportdrinks, um das Betäubungsmittel aus deinem Körper zu spülen. Ich vermute, dass es ein schweres Sedativum war."

„Macht Sinn. Es fühlt sich fast wie das Zeug an, das man beim Zahnarzt bekommt. Davon wird mir immer schlecht." Sie rutscht auf dem vereisten Gehweg aus und ich greife schnell nach ihren Arm.

Sie atmet durch und stabilisiert ihre Füße. „Danke."

„Kein Problem." Ein burgunderroter SUV steht an der Ecke. „Da ist er. Setzen wir dich rein."

Der Fahrer hat einen Uber-Anhänger an seinem Armaturenbrett, woraufhin Melissa mir einen erschrockenen Blick zuwirft. „Komm schon, Liebling", sage ich zu ihr und schlüpfe in meine Rolle, als ich nach vorne gehe, um den Fahrer zu begrüßen. „Wir sind fast zu Hause."

Sie ist mir gegenüber immer noch skeptisch. Ich bin ihr gegenüber immer noch skeptisch. Aber ich gehe das Risiko für einen guten Zweck ein ... besonders für eine halbe Million Dollar.

MELISSA

Sobald wir im warmen Auto sind, fühle ich mich wieder wie betäubt. Warum sagt mir meinem Instinkt, ich solle diesem Dieb vertrauen? Er behauptet, der beste Fahrer im Staat New York zu sein. Er ist meine beste Möglichkeit, über die Grenze zu kommen.

Er legt einen Arm um mich, als ich mich an seine Schulter lehne. Er riecht nach Minze und Kaffee und den Gewürzen des Kuchens. Er ist so sanft ...

Ich weiß nichts über sanfte Männer. Benny kommt dem vielleicht am nächsten, und versagt dabei so ziemlich komplett. Mein Vater herrscht mit Angst, in der Familie und im Geschäft. Meine Brüder sind seine kaltherzigen Lakaien. Seine Männer sind nicht viel besser, kein einziger von ihnen würde es überhaupt in Erwägung ziehen, Don Gianni Lucca zu verärgern.

Aber hier ist dieser Kerl, der mich so zart berührt, die Wärme seiner Hand strahlt auf meine Wange aus. Es ist ... beruhigend.

„Ist euer Auto liegengeblieben?", fragt der Fahrer Chase. Er ist ein schmalgesichtiger Mann mit dunklem, unordentlichem Haar. Chase benutzt eine Geschenkkarte und ein Wegwerfhandy; er wird sein Geld bekommen, ohne eine besondere Spur zu hinterlassen.

„Ja, und meine Frau hat Migräne." Seine Stimme ist so nett. *Bitte lass das keinen entsetzlichen Trick sein!*

„Oh, das ist grauenvoll. Mein Lektor bekommt sie andauernd." Er lächelt flüchtig, und zu meiner Überraschung trägt er einen weißen, schmalen Kragen.

Ein Priester fährt uns? Oh großartig, wir belügen einen Priester! Wenn ich nicht bereits dafür in die Hölle gehe, die Tochter eines Mafiabosses zu sein, dann tue ich es jetzt ganz bestimmt.

Auf der anderen Seite wird er bezahlt, und wir bekommen eine sichere, unauffällige Fahrt zurück nach Lloyd. *Wir sind dem Kerl nicht gerade unsere Lebensgeschichte schuldig.*

Die beiden Männer unterhalten sich leise, während wir durch die Dunkelheit fahren. Langsam lege ich meinen Kopf auf Chases breite Schulter und schließe die Augen, während ich die Kapuze meines Mantels als Schutz gegen die entgegenkommenden Scheinwerfer über meinen Kopf ziehe. *Bitte sei wirklich so gut.*

Wir sind zwanzig Minuten auf der Straße, als ich das sausende Geräusch von mehreren Autos höre, die auf uns zukommen. Ich hebe den Kopf und blicke in die heranfahrenden Scheinwerfer.

„Meine Güte", sagt der Priester, „das sieht beinahe aus wie eine Begräbnisprozession."

Mein Herzschlag wird schneller. Ohne meine Kapuze abzuziehen, sehe ich drei große, schwarze Limousinen vorbeifahren. Zueinanderpassende Limousinen — aus dem Fuhrpark meines Vaters.

Oh mein Gott, Benny und Dave haben Unterstützung nach Lloyd gebracht. Bitte lass das nicht das einzige Auto sein, an dem sie vorbeikommen, bevor sie die Stadt erreichen!

Ich wende mein Gesicht ab und vergrabe es in Chases

Schulter, während er seine Hand auf meinen Hinterkopf legt, immer noch in der Rolle. „Shh, Süße, diese Lichter sind ziemlich hell. Lass einfach die Augen zu."

Aber ich kann mich nicht entspannen, selbst mit seiner Berührung und seiner tiefen, versichernden Stimme. Tränen drücken sich zwischen meinen Wimpern hindurch und ich presse mein Gesicht in das Flanell seines Ärmels, bis das Geräusch der Motoren in der Ferne verstummt.

Erst dann hebe ich den Kopf und treffe Chases besorgten Blick. Er nickt, da er meine unerwartete Angstattacke versteht. „Es ist okay", versichert er mir.

Ich atme aus und richte mich auf, aber ich bin so müde, dass ich mich bald wieder an ihn lehne.

„Es ist jetzt nicht mehr weit", sagt der Priester mit fröhlicher Stimme.

Ich schließe erleichtert die Augen und schlafe ein.

Ich erinnere mich nicht daran, wann wir an dem schmalen viktorianischen Haus mit seinem braunen Vorgarten und den durch Vorhänge verdunkelten Fenstern angekommen sind. Ich erinnere mich nur daran, aus dem Auto geholt zu werden. Die Räder meines Koffers rattern auf dem Gehweg, als Chase mir hineinhilft, während er den Koffer zieht.

Das Haus ist warm, ein paar Lichter sind eingeschaltet und geben dem kleinen Wohnzimmer mit Holzboden einen goldenen Schimmer. Ein kleiner Weihnachtsbaum ist aufgestellt, umgeben von ein paar kleinen Modellautos. Sobald er mir meinen Mantel ausgezogen und mich auf die Couch gesetzt hat, schaltet er den Gaskamin ein.

„Wir sind ohne Probleme weggekommen", versichert er mir, als er meinen Gesichtsausdruck sieht. Er zieht diese komische Mütze und die dazu passende Jacke aus und stopft beides in seinen Rucksack, den er in einen Schrank wirft. Darunter trägt er einen engen, grünen Rollkragenpullover aus irgendeinem Hi-Tech-Material.

Ich zögere mit meiner Antwort, da mein Blick auf seinem muskulösen Rücken haftet, der sich durch seinen Pullover durchzeichnet.

... Oh.

Er ist wesentlich fitter als erwartet. Schlank, aber kräftig, mit der leichten Anmut eines Tänzers. Als er zu mir herüber sieht und mit funkelnden Augen lächelt, stockt mir der Atem.

„Also", sagt er und zieht eine Augenbraue hoch, als er mich starren sieht, „willst du mir für den Anfang vielleicht sagen, wer dein Vater ist?"

Ich nicke und habe für ein paar Sekunden Probleme, mich zu konzentrieren, bevor ich wieder in diese schönen Augen blicke. „Don Gianni Lucca."

Seine Augen werden groß und er lehnt sich zurück, wobei er plötzlich mehr als besorgt aussieht. „... Scheiße."

„Ja." Mein Lächeln ist eine entschuldigende Grimasse. „Deshalb biete ich dir so viel Geld an."

Er scheint es für einen Moment zu überdenken, dann nickt er. „Okay. Also ... sag mir, wie du dazu gekommen bist, vor dem gefährlichsten Mafioso der Ostküste zu fliehen?"

Er ist besorgt. Wird er mich als Klientin abservieren? Er muss verstehen, wie verzweifelt die Situation ist!

Es wird ihm wichtig sein. Er ist ein netter Kerl.

Hoffe ich.

„Mein Vater hat drei Söhne und eine Tochter. Er wollte vier Söhne. Meine Mutter ist verstorben."

Chase sitzt in einem der großen braunen Ledersessel gegenüber der dazu passenden Couch, auf der ich mich niedergelassen habe. Seit ich mich gesetzt habe, wandert sein Blick hin und wieder mein Bein hoch, aber sobald ich spreche, richtet er ihn wieder auf mein Gesicht.

„All die alten Gangster, die vorbeikommen und unser Essen essen und unseren Alkohol trinken und mir in den Hintern zwicken, wollen ihre Töchter nicht in seine Nähe lassen, egal wie viele Geschenke er anbietet. Den meisten sind ihre Töchter ziemlich egal, aber nicht egal genug, dass sie enden, wie meine Mutter, die in einem aufgerollten Teppich durch die Tür geschmuggelt wurde." Er sitzt da und hört mir zu, die Augenbrauen zusammengezogen, die goldbraunen Augen voll stiller Abscheu.

Ich halte inne. *Verdammt, was für ein netter Kerl. Ich sollte ihn wirklich nicht in meine Probleme hineinziehen, aber er ist meine größte Hoffnung.* „Es tut mir leid. Das ist alles beängstigend, aber … du wolltest die Wahrheit."

Er presste seine Lippen zusammen und blickt auf seine Hände. „Weißt du, ich würde dir jetzt eigentlich einen Grog machen, aber ich glaube, dass Alkohol sich mit dem Sedativum vermutlich nicht gut macht." Dann sieht er zu mir auf. „Woher wusstest du … was mit deiner Mom passiert ist?"

„Mein Bruder Joey hat es mir gesagt, als er von der Army zu Hause und betrunken war. Ich war zehn. Seither habe ich schreckliche Angst vor meinem Vater." Ich weiß nicht warum, aber statt der üblichen Angst empfinde ich jetzt … Trauer. *Ich hätte Mom gerne gekannt.*

„In der Mafia gibt es viele arrangierte Ehen. Für meine Mom war es das auch. Ihr Vater war ein Industrieller mit einem Haufen Geld, der direkt in Dads Tasche gewandert ist. Jetzt will mein Dad mich mit einem Sohn des Dons von Chicago verheiraten. Ein Kerl namens Enzo."

Meine Lippen fühlen sich sehr trocken an, als würden sie gleich aufbrechen. Ich fische nervös nach dem Lippenpflegestift in meiner Tasche und reibe ihn mir auf die Lippen, aber es hilft nicht viel.

Er steht auf und bringt mir einen dunkelblauen Sportdrink,

der leicht nach Himbeere riecht, als ich ihn öffne. „Erzähl weiter.“

Ich nehme einen Schluck — und ertappe mich dabei, wie ich die Hälfte der Flasche mit mehreren großen Schlucken leere. „Oh Gott.“ Ein Teil meiner Kopfschmerzen geht beinahe sofort weg. „Danke.“

Ich brauche einen Moment. „Enzo ist ... schrecklich.“ Ich ziehe die Rollmütze ab und schüttle meine Haare aus, bevor ich ihm die Kopfbedeckung reiche. „Sein Dad ist es leid geworden, die Krankenhausrechnungen seiner Freundinnen zu bezahlen und hat entschieden, ihn zu verheiraten.“

„Mit dir.“ Er öffnete seinen eigenen Sportdrink und starrt mich mit einem Stirnrunzeln an.

„Ja. Aber er hat entschieden —“, meine Stimme wird zittrig und ich nehme einen weiteren Schluck, um sie zu beruhigen, „— dass er bereits früher etwas von mir wollte. Deshalb bin ich, äh ... weggelaufen.“

Ich muss es nicht ausführen. Er versteht mich bereits. Ich kann es an seinem Gesicht, seiner Körpersprache, sehen. Es ist deutlich und aufrichtig. Sein Mund ist offen. Er ist abgestoßen.

Er wird vor Abneigung bleich. „Meine Güte. Geht es dir gut?“

„Ja, er ... ich habe irgendwie ...“ Ich schlucke schwer, als die Angst dieses Moments zurückkommt und wieder verschwindet. „Er hat es versucht, und er ist größer als ich, aber...ich werde gemein, wenn ich panisch werde, und er hat das irgendwie auf die harte Tour herausgefunden.“

Er blinzelt langsam, wobei ein Teil der Bestürzung aus seinem Gesicht weicht. „Warte. Was?“

„Er hat eine ... tausend Dollar teure Flasche Chianti an die Seite seines Kopfes bekommen.“ Wie schnell kann leichte Verlegenheit diese gespenstische Angst ersetzen? Bei dieser Geschichte und der Waffe denkt er vielleicht, ich sei grausam.

„Warte, du hast ihn k.o. geschlagen?"

Ich denke an den Moment zurück, von Enzo an den Poolbillardtisch gedrückt, seine betrunkene Wut … Wie ich kaum den Flaschenhals erreichen konnte und ihn dann fest gegriffen habe, als er seine Hose nach unten geschoben hat.

Seine ekelhafte Erektion hatte die Größe meines Daumens und wurde schlaff, als ich ihn schlug. Ich habe ihn von mir zu Boden gestoßen, die heile Flasche gegriffen, entkorkt, und als er begonnen hat wach zu werden, habe ich einfach begonnen, ihm Wein einzuflößen, bis er endgültig wieder weggetreten war. Er hat nie vollständig seine Augen geöffnet.

Hat auch nicht großartig protestiert, jetzt wo ich darüber nachdenke.

„Ja, mehr oder weniger. Dann bin ich nach oben gegangen, habe Dads Safe geleert und bin verschwunden."

Chases attraktives Gesicht ziert ein breites, schiefes Grinsen. „Heilige Scheiße, du bist knallhart! Wozu brauchst du mich?"

Ich bin erstaunt. „Ich … äh … naja, denk daran, als ich allein versucht habe, nach Montreal zu kommen, wurde ich innerhalb von zwei Stunden wieder eingefangen."

Sie haben in einem Hotelzimmer auf mich gewartet. Ich habe geweint und gefleht, aber natürlich wollten sie mich nicht gehen lassen. Von Mafiosi kann man keine Gnade erwarten. Mit diesem Wissen bin ich aufgewachsen.

Sein Lächeln verblasst. „Oh. Ja. Entschuldige, den Hinweis hast du vermutlich nicht gebraucht."

Ich schenke ihm ein winziges Lächeln, um seines zu stärken. „Es ist okay."

„Also, das ist der Kern der Geschichte", sage ich leise. „Wenn ich nicht zu meinen Freunden in Kanada komme, wird mein Dad mich dazu zwingen, Enzo zu heiraten. Vermutlich nachdem er Enzo erlaubt hat, mich zu … bestrafen."

Er spannt den Kiefer an und seine wild aussehenden Augen

blitzen auf. „Nah, dazu bekommen sie nie die Chance, Prinzessin. Gib mir das Geld und du bekommst deine Fahrt nach Montreal. Ich habe einen ziemlich guten Vorteil."

Und dann ist da wieder dieses schiefe Grinsen, das blendend ist und mich von meiner Angst vor Dad ablenkt.

Mein Mund ist erneut trocken. Ich trinke einen Schluck und hoffe, dass er mein Starren nicht bemerkt. „Und der wäre?"

Er zwinkert. „Ich wurde noch nie erwischt."

5

***

ALAN

„**E**nzo wird mich nicht heiraten, wenn ich keine Jungfrau bin, Chase", *schnurrt Melissa mir ins Ohr. Ich fühle, wie ihre warmen, vollen Brüste in der Dunkelheit über meine Brust gleiten, während meine Erektion zu Leben erwacht. „Du hast so viel für mich getan. Würde es dir etwas ausmachen ... diese letzte Sache zu tun?"*

„Zu deinen Diensten, Prinzessin", keuche ich heiser, unsicher darüber, wohin meine Klamotten verschwunden sind, was mir aber auch egal ist.

Wir küssen uns, und ihr Mund schmeckt nach Wein. Ihre Stimme senkt sich zu einem Wimmern, als ich meine Lippen über ihren Hals wandern lasse. Ich greife ihren Hintern und spüre, wie meine Erektion größer wird und auf ihre Oberschenkel drückt. Ich lege sie hin, um in sie einzudringen und öffne meine Augen weit vor Schmerzen, als die Jeans, in der ich eingeschlafen bin, eine Erektion von der Größe Floridas plattdrückt.

Ich greife nach meinem Schritt, drehe mich zur Seite, grunze vor Unbehagen — und vergesse, dass ich auf der Couch schlafe. Ich falle herunter und schlage mit der Stirn auf den Dielenboden auf. „Aah — fuck. Aua. Warum?"

Ich schaffe es endlich, den Reißverschluss zu öffnen und den reibenden Druck des Stoffes auf meiner Erektion zu lindern, die stahlhart ist und sich vermutlich wundert, wohin die geile, nackte Schnecke verschwunden ist. Dann drehe ich mich mit einem Seufzen und schmerzender Stirn um. „Na, das war doch lustig", murmle ich.

Ich musste ja auch unbedingt ein Gentleman sein und Melissa mein Bett geben. Keine Chance, mich ihr anzuschließen. Ich bin ein Fremder, selbst wenn wir einen Funken zwischen uns gespürt haben. Außerdem ist sie erschöpft, verängstigt und erholt sich von der Betäubung.

Also die Couch für mich. Sie ist lang genug, aber anscheinend ... nicht breit genug. Und dieser Traum ...

Anscheinend mag ich sie mehr, als ich zugeben möchte. Aber das ist nur ein weiterer Grund, um rücksichtsvoll zu sein.

Ich öffne meinen Hosenstall komplett und setze mich auf. *Verdammt, brauche ich eine kalte Dusche? Das wird heikel, wenn mein Gast für ein Glas Wasser aufstehen sollte.*

Ich stehe auf und drehe mich zu Wohnzimmerfenster. Das Haus grenzt an einen steilen Abhang; auf der anderen Seite der Kluft ist ein dreistöckiges Parkhaus. Zum Glück ist es jetzt verlassen —

Das leise Geräusch von etwas, das auf Beton fällt, lässt mich aufsehen. Meine Augen gewöhnen sich an die trübe Straßenbeleuchtung und ich erkenne, dass jemand am Rand des Parkhauses steht, sich über die Kante beugt und vergeblich nach dem zu greifen versucht, was auch immer heruntergefallen ist. Jemand in einem langen, dunklen Mantel—und mit langem, hellem Haar.

Hoppla, hoppla, jetzt habe ich irgendeiner Tusse mein Gehänge gezeigt, jippie. Genau das Richtige, um mich wie Lloyds ansässigen Perversen wirken zu lassen. Ich ziehe eilig die Vorhänge zu. „Scheiße."

Das Haus ist klein, schmal und merkwürdig, die Miete ist günstig, obwohl es allein steht. Im Erdgeschoss sind das kleine Wohnzimmer, eine Küche und ein großes Zimmer, das ich zu meinem Fitnessraum umgebaut habe; im ersten Stock sind Badezimmer, Schlafzimmer und mein Büro. Außerhalb des Hauses habe ich kaum Grundstück, aber das ist mir egal; ich werde zum Ende des Winters sowieso aus Lloyd wegziehen.

Ich gehe für meine kalte Dusche die Treppe hoch und frage mich, wo ich nach Montreal hingehen soll. Es wird ein einsames Neujahr werden, es sei denn natürlich, dass Melissa danach ist, in Kanada etwas zusammen zu unternehmen. Wäre vielleicht nett, trotz der Kälte — ich wette, dass sie mit mir warm wird, wenn sie nicht länger um ihr Leben rennt.

Ich hoffe irgendwie, dass sie sich so weit beruhigen wird, um die Waffe loszuwerden, wenn wir zusammenkommen sollten. Es fühlt sich unheimlich an, sie im Haus zu haben.

Die meisten Kerle in dem Geschäft halten mich für verrückt, da ich keine Waffe habe. Sie nehmen an, dass ich Pazifist bin — was ich bin, bis zu einem gewissen Grad, aber nicht, weil ich Gewalt nicht mit Gewalt entgegentreten will. Eine Waffe ist eine endgültige Lösung für ein oft vorübergehendes Problem.

Ich habe genügend Fähigkeiten in anderen Bereichen, um die Menge an Gewalt in einer Situation zu kontrollieren — oft sogar, wenn ich mit jemand zu tun habe, der eine Waffe hat. Man kann niemanden nur ein wenig erschießen. Aber es gibt ein großes Spektrum an anderen Optionen — man kann jemanden überwältigen, ihn verprügeln und auch umbringen, wenn der eigene Körper die Waffe ist.

Ich habe außerdem recht persönliche Gründe, Waffen nicht zu mögen. Man nenne es das Batman-Motiv. Es gibt einen triftigen Grund, warum ich von meinem Opa anstatt von meinem Dad großgezogen wurde. Und genau wie Bruce habe ich das große Ganze gesehen.

Melissa hat eine Pistole, die sie als letzten Ausweg nutzt. Jetzt ist sie in ihrer Tasche. Ich nehme mich davor in Acht — aber nicht vor ihr.

Ich bin eher besorgt um sie. Zusätzlich dazu, dass ich sie will.

Meine Erektion steht immer noch, als ich mich wasche. Ich denke darüber nach, mich darum zu kümmern, werde aber von meinen Gedanken abgelenkt. Ich stehe kurz davor, einer Mafia-Prinzessin dabei zu helfen, von ihrem schrecklichen Vater wegzukommen.

Das ist gefährlich, selbst für einen geistreichen Kerl wie mich. Aber auf der anderen Seite sind diese Typen bereits wütend auf mich. Ich bin in diese Situation hinein gestolpert und habe mich versehentlich bei ihnen unbeliebt gemacht.

Ich nehme an, dass ich das Risiko eingehen sollte, um Melissa zu helfen. Und nicht nur, weil ich sie vögeln will.

Ich bin nicht die Art Kerl, die oft an Frauen hängenbleibt. Ich liebe sie; sie sind wundervoll und nicht nur zum Vögeln da. Aber ich war noch nie mit jemandem ernsthaft zusammen. Ich hatte nie eine schlimme Trennung. Nur eine Reihe von Geliebten, die zu Freunden wurden, die manchmal immer noch für einen Booty Call zurückkommen, wenn sie gerade zwischen Beziehungen sind, oder wenn ihre Männer es nicht hinbekommen.

Melissas Geschichte nach zu urteilen ist sie Jungfrau. Mein Traum hat absurd klar gemacht, wie sehr mich der Gedanke, ihr erstes Mal zu sein, erregt. Ich würde es lieben, sie zu verwöhnen, sodass sie für mehr zurückkommt. Oder vielleicht ... niemals jemand anders möchte?

Warte, wo kam das her? Komm schon, Mann, das ist dein Schwanz, der da denkt. Du bekommst eine halbe Million, um sie sicher nach Montreal zu bringen. Das ist gut genug.

Sobald ich fertig geduscht habe, landet meine sich langsam

entspannende Erektion in einem Paar grünen Boxershorts und ich gehe leise ins Schlafzimmer, um mir die Haare mit einem Handtuch abzutrocknen. Ich gehe zum Kleiderschrank, um frische Klamotten herauszuholen, wobei ich nach hinten blicke und meinen Gast betrachte.

Im Licht des Badezimmers kann ich Melissa auf meinem Bett sehen, zusammengerollt unter einem Berg aus Decken. Ich lächle und denke daran, wie sie sich darüber beschwert hat, dass ihr kalt sei, und wie ich einfach immer mehr Decken herausgeholt habe, bis sie zu kichern begann.

Ich bin Romantiker. Kein sehr traditioneller, aber ich habe meine Ideale und meine Gefühle darüber, wie Frauen behandelt werden sollten. Als ich herausgefunden habe, dass sie an einen Kerl verkauft werden sollte, der versucht hat, sie zu vergewaltigen, musste ich etwas tun.

Jetzt gehen die Dinge allerdings über Geschäft oder Idealismus hinaus — und werden persönlicher.

Okay, also fühle ich mich zu ihr hingezogen, bin mitfühlend und mag sie. Ich kenne sie immer noch nicht gut.

Sie wimmert leise. Ich mache ein paar Schritte auf sie zu und entdecke eine Träne auf ihrer Wange. Ich frage mich nicht einmal, wovon sie träumt.

Ich ziehe mein Shirt an, dann schiebe ich den Anstand beiseite und schüttle sanft ihre Schulter. Sie wacht alarmiert auf uns setzt sich — dann vergraben sich ihre Finger in meinem Shirt und sie beginnt zu weinen.

Ich werde starr ... und lasse dann meine Arme um sie gleiten und vergrabe meine Nase für einen Moment in ihrem Haar, bevor ich meine Lippen zu ihrem Ohr senke.

„Melissa? Melissa — es ist in Ordnung, es war ein Albtraum. Du bist sicher", murmle ich und halte sie fest.

„Lass nicht los", sagt sie an meiner Brust und ich ziehe sie noch enger an mich. Sie zittert, ihr Herz schlägt so schnell, dass es mich von dem sanften Drücken ihrer Brüste an meiner Brust ablenkt.

Den Großteil von mir jedenfalls. Mein Schwanz wacht bereits auf, als ich ihren Vanille- und Rosenduft einatme. Ich hoffe, dass sie es nicht bemerkt.

Ich fahre ihr mit der Hand über das Haar und spüre, wie sie sich entspannt, ihr Schluchzen und Schniefen werden weniger. „Es ist okay", versichere ich ihr. „Du bist bei mir. Du bist immer noch frei. Alles wird gut werden."

Sie braucht ein paar Minuten, um sich wieder zu sammeln, während ich auf der Bettkante sitze und sie umarme, wobei sie sich kein einziges Mal von mir löst. Ich halte sie, die Augen geschlossen, und versuche zu ignorieren, wie mein eigenes Herz hämmert, oder wie mich die Bilder des Traumes vor zurückgehaltenem Verlangen zittern lassen.

Ich könnte es dir jetzt so gut gehen lassen, denke ich fieberhaft, während ich sie tröste. *Ich könnte all das verschwinden lassen.*

Aber ich werde es nicht einmal vorschlagen. Ich bin nicht dieser Kerl, egal wie sehr sich andere Körperteile von mir nach ihr sehnen. Man hat keinen Erfolg bei Frauen, indem man sie wie Fleisch behandelt.

Schließlich hebt sie ihren Kopf von meiner Brust und sieht zu mir auf. Ihre Augen sind voller Beschämung. „Danke. Ich muss fürchterlich aussehen."

„Du bist wunderschön", sage ich leise, und meine es auch so.

Sie stutzt und blinzelt mich an, wobei wieder dieses Aufblitzen von Sehnsucht in ihren Augen liegt. Es lässt mich vor Begierde zittern. *Können wir nicht einfach ...?*

„Du hast eine wirklich harte Nacht. Mach dir keine Gedanken darum, nicht für die Kamera bereit zu sein. Mir ist es völlig egal." Ich streiche ihr eine Haarsträhne hinter das Ohr, woraufhin sie schluckt und mich für einen Moment beinahe verehrend ansieht.

Diese Augen. Groß, blau, voll schüchterner Aufforderung. Ihr Blick berührt mich wie Hände, die über meinen Körper fahren. Ich schlucke, im Wissen, was passieren wird, wenn ich bleibe.

„Danke", bringt sie letztendlich heraus, und ich spüre die sanfte Wärme ihrer Hand auf meiner. „Für alles."

„Bezahl mich einfach und versprich mir, dass du mit mir zusammenarbeitest, um dich nach Montreal zu bringen. Du wirst kurz nach Neujahr bei deinen Freunden sein." Meine Stimme ist heiser.

„Ja. Ich werde all das tun." Ihre Hand. Diese Augen. Sie will, dass ich hierbleibe und mich ihr anschließe.

Aber wenn ich das tue, ist sie vielleicht nicht bereit für das, was als Nächstes passiert.

„Ich sollte ... wieder nach unten gehen", hauche ich, und sie runzelt die Stirn.

„Warum?"

„Weil ich nicht denke, dass ich mich damit zufrieden geben kann, dich nur zu halten." Ich löse mich sanft von ihr und fahre ein letztes Mal mit meiner Hand über ihren Rücken. „Es tut mir leid."

„Das muss es nicht." Sie schenkt mir ein trauriges Lächeln, als sie sich zurückzieht. „Du bist der erste Kerl, der mich will und sich tatsächlich zurücknimmt."

Das gibt mir ein gutes Gefühl, obwohl ich vor sexuellem Frust beinahe Schmerzen habe. „Wir führen diese Unterhaltung später fort." Ich zwinkere und zwinge mich zum Gehen.

MELISSA

Zum ersten Mal, seit ich den Männern meines Vaters entwischt bin, denke ich nicht an diese fürchterliche Situation. Ich bin zu beschäftigt damit, in einer liebevollen Umarmung aufgewacht zu sein und damit, wie Chase und ich uns beinahe geküsst hätten. *Das war so angenehm. Daran bin ich nicht gewöhnt. Ich bin nicht daran gewöhnt, dass sich die Berührung eines Mannes gut anfühlt.*

Meine Zeit in Chases Armen hat mich eigenartig gerührt. Ich bin ruhig, aber ich kann nicht einschlafen. Ich bin guter Stimmung, kann mich aber nicht voll entspannen. Meine Haut fühlt sich so sensibilisiert an, dass mich das weiche Laken streichelt, wo mein Nachthemd sie nicht bedeckt.

Und als die Seide des Nachthemdes meine Haut streift, durchfährt mich ein Kribbeln. Es löst in mir die Sehnsucht nach mehr aus — mehr seiner Berührungen, mehr seiner Wärme, mehr dieser Zärtlichkeit.

Ich wünschte wirklich, er wäre geblieben. Aber ich würde nicht wissen, was ich tun sollte, wenn er das getan hätte. Etwas anderes als Furcht oder Ekel für einen Mann zu empfinden, ist so merkwürdig. Dieser erste Vorgeschmack wirklichen

Verlangens, ich möchte ihm nachgeben ... aber ich bin nicht bereit.

Liegt es daran, dass er mich gerettet hat? Ist er mein ‚Typ'? Ist es wirklich er? Oder liegt es daran, dass er der erste Kerl ist, der sich mir gegenüber tatsächlich anständig verhalten hat?

Ich bin immer noch argwöhnisch. Er mag mich vielleicht sexuell wollen, aber Männer können vögeln, auch wenn sie einen hassen. Manche von ihnen sind grundsätzlich nur nett, *weil* sie vögeln wollen.

Ich habe gesehen, wie sein Blick versucht hat, meinen Körper selbst durch den Mantel hindurch zu erkennen. Er hat mich gerettet und hätte es nicht tun müssen. Vielleicht bedeutet das, dass er mich, abgesehen von dem, was er will, auch mag?

Vielleicht tun normale Menschen das und ich war mein ganzes Leben von fürchterlichen Scheißkerlen umgeben.

Oder es könnte sich hier nur um Sex und Geld drehen. Dieser Gedanke verschafft mir eine seltsame Erleichterung. Es hat vielleicht nichts mit Nettigkeit oder Fürsorge zu tun? Seine Motive auf meine Bezahlung und seine Begierde zu reduzieren, macht es mir einfacher, es zu begreifen.

Es sei denn ... wenn es wirklich so einfach ist, wäre er dann so edel gewesen und gegangen? Vielleicht habe ich ihn irgendwie abgeturnt. Es tut weh, das zu denken.

Während ich daliege, ertönen von unten leise Geräusche. Die Tür zum Schlafzimmer liegt direkt an der Treppe, die neben seinem Wohnzimmer aufhört. Ein leises Fluchen. Grunzen. Keuchen.

Leise stehe ich auf und gehe auf Zehenspitzen durch den Raum. Ich erreiche die Tür und sehe Chases Kopf, während er auf der Couch sitzt.

Er flucht leise zwischen den Zähnen hindurch und keucht lauter. Ich lehne mich nach vorne, um zu sehen — und lehne mich sofort wieder zurück, wobei ich rot werde. *Oh.*

Dieser flüchtige Blick darauf, wie er seine riesige Erektion in der Hand hat, beweist es. Er ist erregt und wollte mich nicht drängen. Er ... tut genau das, was er gesagt hat. *Wow. Für einen Dieb ist er extrem ehrlich. Oder überhaupt für einen Kerl.*

... Was mich zu meinem Wunsch zurückbringt, er wäre geblieben. *Oh, naja. Es ist nicht so, als würden wir in den nächsten Tagen keine Zeit miteinander verbringen. Es wird viele Chancen geben.*

Ich will gerade ins Bett zurückgehen, als ich etwas Ungewöhnliches bemerke. Ein Licht — ein rundes Licht, das vor der zugezogenen Jalousie des Wohnzimmerfensters auf und ab geht. Ich blinzle es für einen Moment an, dann realisiere ich, dass es der Lichtstrahl einer Taschenlampe ist.

Chase stößt ein Geräusch der Unzufriedenheit aus; Klamotten rascheln und er geht zum Fenster. Seine Hose ist hochgezogen, aber im Schritt steht ein ziemliches Zelt. Er schiebt die Jalousie ein wenig auseinander, um hindurchzusehen. „Was zur Hölle?", murmelt er.

Eine Pause. Ich ziehe mich in die Schatten zurück, da ich nicht will, dass er weiß, dass ich ihn ... beobachtet habe. Einschließlich dessen, dass ich einen guten Blick auf die massive Erektion bekommen habe, die sich durch seine Hose drücken will. Der Anblick wirft mir auf der einen Seite die Frage auf, wie er in mich hineinpassen würde, während ich auf der anderen Seite entschlossen bin, es zu versuchen.

Plötzlich flucht er und geht schnell vom Fenster weg. „Melissa!"

Ich gehe zum Bett zurück, bevor ich antworte. „Ja?"

„Zieh dich an, so schnell du kannst, und nimm deine Sachen. Wir müssen weg."

Adrenalin durchströmt mich. Ich frage nicht, warum — ich schnappe mir nur meine Lederkombi und ziehe sie an. Ich suche in meiner Tasche nach meinem Handy und der Waffe und stecke die Füße in meine Stiefel. Chase hetzt unten umher.

Ich beeile mich, um mich ihm anzuschließen, wobei ich den Griff meines violetten Koffers nehme. „Was ist los?"

„Erinnerst du dich an diese schwarzen Limousinen, die uns auf der Schnellstraße entgegengekommen sind?"

Ich werde innerlich kalt. „Ja."

„Drei davon haben soeben draußen angehalten." Er macht seine Jacke zu und nimmt mir den Koffer ab, um ihn sich unter den Arm zu klemmen. „Los geht's."

Oh Gott. Ich vergesse völlig, ihn zu fragen, wer die Person mit der Taschenlampe war. Vielleicht ein Ausgucker? *Frag das später, jetzt ist Rennen angesagt.*

„Wie zur Hölle haben die uns gefunden?", keuche ich, als wir durch die Küche auf die Hintertür zu rennen.

„Ich weiß es nicht, aber wir müssen hier weg. Kannst du klettern?" Er schließt die Hintertür auf und stößt sie auf, dann tauchen wir in die eisige Nacht ein. Bevor sich die Tür überhaupt hinter uns geschlossen hat, schlägt eine schwere Faust auf die Haustür.

„Ich kriege es hin." Mein Magen dreht sich; ich war fast immer eingesperrt und in hübsche Kleider gesteckt worden, mit wenig Möglichkeiten, um zu klettern oder sonst zu spielen. Aber ich werde ihn jetzt nicht ausbremsen.

Draußen geht der winzige Garten hinab in eine dunkle Schlucht. Am Grund ist Wasser; es ist vielleicht neun Meter tief. Im alten Holzzaun ist ein Loch; er hilft mir hindurch und leuchtet mit seinem taktischen Licht kurz auf eine Strickleiter.

Daneben hängt ein gewöhnliches Seil. Das greift er und sieht mich an. „Okay. Keine Eile. Geh einfach so schnell runter, wie du kannst. Es ist rutschig, also sei vorsichtig."

Ich nicke, das Herz schlägt mir bis zum Hals, und ich bin

froh um die Stiefel und das Leder. Ich ziehe meine Tasche auf meiner Schulter hoch. „Okay."

„Ich warte unten auf dich", sagt er, dann springt er zurück und seilt sich fachmännisch ab.

Wow. Das war schnell. Das Geräusch der eingetretenen Haustür alarmiert mich und ich greife die Strickleiter, bevor ich meinen zitternden Fuß auf die erste Sprosse setze und unbeholfen nach unten klettere.

Es ist beängstigend: ein blinder Abstieg in einen rutschigen, matschigen und vereisten Abhang, während mir von oben eiskaltes Wasser auf den Kopf tropft. Die Strickleiter wackelt, meine Beine zittern vor Angst, als ich mit dem Fuß nach der nächsten Sprosse suche.

Ich habe Angst. Ich werde fallen. Oder sie erwischen mich auf dieser verdammten Leiter, da ich nicht weiter kann.

„Hey, geht es dir gut?", fragt Chase leise von unten herauf. „Ich kann dich nicht sehen."

„Ich mache so schnell ich kann", stammele ich entschuldigend und zwinge mich zwei weitere Sprossen hinab. Mein Fuß rutscht ab und ich verliere beinahe den Halt auf der nächsten Sprosse, woraufhin ich die Seile greife und vor Panik keuchend erstarre.

Plötzlich wackelt die Leiter leicht und ich höre ein dumpfes Geräusch. Chase klettert neben mir das Seil hoch. „Hey. Es ist in Ordnung."

Mein Zittern hört auf und mein Todesgriff an den Seilen löst sich so weit, dass ich meine Fingerspitzen wieder fühlen kann. „Es tut mir leid."

„Shh, mach dir keine Sorgen. Komm eine Sprosse nach der anderen die Leiter herunter. Ich halte dich, wenn du ausrutschst. Versprochen." Seine Stimme ist so nett, selbst mit der Dringlichkeit dahinter.

Ich bin kurz davor, erneut abzurutschen. Er hört mein

Schnappen nach Luft und hält mich am Rücken. Allein seine Berührung reicht aus, um mich ein wenig zu stabilisieren, dann reiße ich mich zusammen und mache weiter.

Schließlich treffen meine Füße den matschigen Grund eines vorübergehenden Baches. Eiskaltes Wasser strömt über meine Knöchel und ich bin ein weiteres Mal dankbar für die Stiefel, die meine Füße trocken halten, aber meine Zehen werden schnell kalt. Meine Augen haben sich an die Dunkelheit gewöhnt; im schwachen Licht, das durch das Geäst der Kiefern scheint, dreht sich Chase um und greift die Leiter und das Seil.

„Gib mir eine Sekunde." Er zieht und dreht an beiden, dann zerrt er sie mit einem angestrengten Grunzen zur Seite. Ich höre zwei klirrende Geräusche, als sich die Halterung löst, dann rutschen sie den Abhang hinunter. Er wirft das Bündel unter einen Baum, dann nimmt er mit einer Hand meine und in die andere meinen Koffer.

„Okay", sagt er. „Gehen wir. Folge mir, und versuche, nicht auszurutschen."

Wir hasten durch den kleinen Bach. Matsch zieht an meinen Schuhsohlen, Steine und Zweige lassen liegen mir im Weg, lassen mich aber nur ein wenig stolpern. Ich kämpfe und ziehe Stärke aus dem Griff seiner Hand.

Jemand hinter uns brüllt; sie haben vermutlich entdeckt, dass die Hintertür unverschlossen war. Schreie und ein widerhallendes Fluchen vom Rand des Abhangs. Ich schnappe nach Luft, meine Lunge brennt, und renne noch schneller. *Bitte lass sie uns nicht sehen.*

„Da vorne ist ein Durchlass", drängt er, und einen Moment später stürzen wir hindurch, gerade als Bennys Stimme unsere Ohren erreicht.

„Was meinst du, du hast sie verloren?", brüllt er, und dann rennen wir in die Dunkelheit, mit Chases winziger Taschenlampe als einzige Lichtquelle.

7

ALAN

Ich muss Melissa zugutehalten: Sie ist eine Kämpferin. Sie ist an so etwas nicht gewöhnt, ihre angestrengten Geräusche machen das offensichtlich. Aber ich bin wirklich froh, dass sie mit ein wenig Ermutigung darüber hinweggekommen ist.

Ungefähr hundert Meter hinter dem Durchlass ist eine weitere Strickleiter. Sie klettert zuerst hoch. Auf dem Weg nach oben ist sie besser, auch wenn sie die ganze Zeit wimmert.

Am Ende binde ich den Koffer an die Leiter und ziehe sie nach mir hoch. Wir tauchen hinter einem Gebüsch in einem kleinen Park auf. „Hier entlang." Ich nehme erneut ihre Hand und führe sie über einen leeren Spielplatz.

Schließlich erreichen wir den Bordstein, wo mein Fluchtfahrzeug wartet. Es ist ein großer, völlig unauffälliger Lieferwagen, so wie sie Tag und Nacht im ganzen Land Lieferungen ausfahren. Das Innere ist voller Überraschungen, aber im Moment sind es das beheizte Führerhaus und der kraftvolle Motor, die uns am meisten dienen werden.

Sie starrt, als ich die Hecktür öffne, um ihren Koffer hineinzulegen. Es ist viel Platz darin, fast wie bei einem Camper —

nur, dass er schwer isoliert und gepanzert ist. Ich stelle den Koffer hinein und mache wieder zu. „Verschwinden wir von hier."

Der Motor springt beim ersten Versuch an und die Lüftung beginnt warme Luft zu spenden. Melissa atmet neben mir erleichtert und zitternd auf, aber sie öffnet nicht die Augen, bis wir über eine Minute unterwegs sind.

„Geht es dir gut?", frage ich, woraufhin sie stumm nickt.

„Es wird schon", bringt sie ein paar Sekunden später heraus und wischt sich verstohlen über die Augen. „Ich bin nur wirklich froh, dass du weißt, was du tust."

„Ja, naja, ich bin nur froh, dass du mir nicht erstickt bist. Jedenfalls nicht wirklich. Aber ich versuche immer noch herauszufinden, wie zur Hölle die uns gefunden haben."

„Ich habe keine Ahnung. Haben sie dein Gesicht gesehen? Mein Vater hat ein paar anständige Computer- und Technikkerle. Benny ist einer von ihnen — wenn er nicht gerade Leute entführt." Sie klingt so elend.

„Vielleicht. Aber das glaube ich nicht. Dieses Haus ist nicht mal unter meinem Namen gemietet, und der Vermieter hat mein Foto nicht in den Unterlagen."

Es ist eine wirkliche Sorge. Irgendwie haben sie es geschafft, uns zu finden. Und wenn nicht irgendein Fremder mit der Taschenlampe auf meine Jalousien geschienen hätte, hätte ich gar nicht die Prozession schwarzer Autos gesehen, die auf meine Straße bog.

„Aber irgendwie haben sie uns gefunden — und jemand hat uns gewarnt. Und ich habe keine Ahnung, wer es war." Ich denke zurück an die Person auf dem Parkhaus und gehe die Möglichkeiten durch, während ich über die beinah verlassene Straße fahre.

Im Moment, während wir uns unterhalten, zerschlagen die verdammten Mafiosi vermutlich mein Miethaus, auf der Suche nach irgendetwas Persönlichem — irgendetwas, das ihnen sagen kann, wer ich bin oder wer meine Partner sind. Da haben sie Pech; alles, was auch nur im entferntesten Sinne persönlich ist, ist in Bankschließfächern und in sicheren Lagerräumen außerhalb von Lloyd. Es fühlt sich trotzdem wie ein Verstoß an, und tief drin macht es mich trotzdem wütend.

Sollte Melissa diejenige sein, auf die ich wütend bin? Wenn sie einen Fehler gemacht hat, dann vermutlich unabsichtlich. Also sage ich mit sanfter Stimme: „Ich will dich nichts bezichtigen, aber ich muss dir ein paar Fragen stellen."

Sie spannt sich neben mir an, aber es ist keine Überraschung. Frauen, die von Männern brutal behandelt wurden, erwarten von anderen Männern dasselbe, besonders wenn sich die Situation anspannt. Glücklicherweise bin ich kein Rohling, der Frauen so behandelt, selbst wenn sie Mist bauen.

„Hast du irgendjemandem gesagt, wo du bist, selbst ausversehen?" Meine Stimme ist ruhig und mein Blick auf die Straße gerichtet. „Es ist in Ordnung, wenn du es getan hast, ich muss es nur wissen."

„Ich habe meinen Freunden in Montreal gesagt, dass es eine Verzögerung gibt, aber ohne spezifische Angaben." Sie kontrolliert ihr Handy zweimal. „Ich habe meinen Standort mit niemandem geteilt, weder aus Versehen noch sonst irgendwie."

„Hast du dein GPS oder Wi-Fi eingeschaltet?" Ich weiß nicht viel über Elektronik, mit Ausnahme der Computer und elektrischen Systeme von Fahrzeugen. Aber grundlegende Handysicherheit ist ziemlich einfach — und trotzdem nicht ausreichend bekannt.

„Nein, ich habe es im Flugzeugmodus, wenn ich es nicht benutze, weil mein Vater dauernd anruft. Ich sehe nur gelegentlich nach Nachrichten von wirklichen Freunden." Sie wirft mir einen nervösen Blick zu. „Können sie es verfolgt haben?"

„Eher unwahrscheinlich." Das bedeutet, dass wir immer

noch keine verdammte Ahnung haben, wie er sie verfolgt hat. Elektronik vielleicht? „Scheint dein Dad immer zu wissen, wo du bist?"

„Das Thema hat sich nie ergeben. Er hat mich nie ohne Begleitung rausgelassen." Ihre Stimme zittert.

„Oh." *Verdammt.* „Wir haben einen Peilsender an dem Auto gefunden, das ich gestohlen habe. Wenn dein Dad gerne Peilsender an seinem Besitz anbringt, und er denkt, dass du dazugehörst ... dann müssen wir vielleicht deine Sachen kontrollieren."

Ein leises Geräusch der Bestürzung. Auf einmal sticht mir ein tiefer Schmerz durch die Brust und ich möchte sie wieder in die Arme nehmen.

Sie zu halten hat sich so verdammt richtig angefühlt, dass ich sie sofort verführt hätte, wenn sie keine traumatisierte Jungfrau wäre, die sich von einer unfreiwilligen Betäubung erholt.

„Es ist okay", ermutige ich sie beinahe reflexartig, wobei meine Stimme mit einem Anflug von Verlangen tiefer wird. „Alles außer deinem Handy ist im Moment in einer riesigen Metallbox, die als Faraday'scher Käfig dient. Kein Signal kommt da durch."

Sie entspannt sich. „Das ist gut. Aber hätte ich nicht einen Peilsender gefunden, als ich die Verstecktaschen genäht habe?"

„Das ergibt den meisten Sinn. Er wusste, dass du es nutzen würdest, wenn du je weglaufen solltest. Sie haben alle möglichen Designs. Es könnte in den verdammten Gepäckanhängern sein."

Wir haben es auf die Schnellstraße geschafft. „Anscheinend sind wir schneller auf dem Weg nach Montreal als erwartet", seufze ich. „Wie auch immer, wir gehen nach hinten und sehen nach, sobald ich uns einen guten Weg aus der Stadt raus gefunden habe. Wie viel Geld hast du bei dir?"

„Zwölf vierzigtausend Dollar-Bündel aus Hundertern, plus

den Schmuck meiner Mutter und den von ihm." Sie klingt ein wenig stolz, woraufhin ich lache.

Sie hat das Zeug für eine tolle Diebin.

„Du hast ihn ausgenommen! Gut. Aber behalte den Schmuck deiner Mutter. Ich kann mit seinem in Montreal hehlen, wenn du willst."

„Ja. Ich will nichts von ihm." Ihre Stimme ist unnachgiebig. Sie erholt sich.

„Wir haben ungefähr viereinhalb Stunden auf der Straße. Leider müssen wir einen Zwischenstopp machen, damit uns ein Freund mit den richtigen Ausweisen versorgen kann. Er ist in Champlain, nahe der Grenze." Der Wind wird stärker und ich kämpfe für einen Moment, bevor ich fortfahre.

„Außerdem sind sie mitten in der Nacht auf uns losgegangen, also bin ich fix und fertig. Ich schlage vor, dass wir abseits der Straße deinen Koffer durchsuchen und uns dann ein wenig ausruhen."

„Ist das sicher?" In ihrer Stimme liegt Sorge.

„Es ist sicherer, als zu dieser Uhrzeit nach Champlain zu fahren, wenn wir beide so erschöpft sind. Und wenn du deinen Koffer hinten rausholst, bevor wir ihn kontrolliert haben, wird dein Dad wissen wo du bist, wenn er einen Peilsender enthält. Es ist am besten, wenn er nicht weiß, in welcher Stadt wir uns verstecken."

Es ist komplizierter. Ich kann den Gedanken nicht ertragen, dass in dem Fahrzeug, das ich mein Zuhause nenne, ein Peilsender ist. Besonders, da die letzten von Luccas Peilsendern vermutlich eine verdammte Bombe integriert hatten.

„Das macht Sinn. Und ich sollte mich vermutlich ausruhen. Ich fühle mich immer noch nicht so gut." Sie reibt sich die Augen.

„Ich habe noch weitere Sportdrinks hinten", versichere ich

ihr. „Hinter Saugerties gibt es viele Nebenstraßen im Wald. Wir können den Wagen dort verstecken und schlafen."

„Okay", murmelt sie mit eindeutiger Erschöpfung in der Stimme.

Es beginnt leicht zu schneien, als wir weiter nordwärts fahren. Ich stelle die Heizung ein wenig wärmer und schalte leise die Stones ein, um uns wachzuhalten. Neben mir döst Melissa, die manchmal mit einem Schnauben aufsieht, als hätte sie vergessen, wo sie ist.

„Also, diese Freunde in Montreal, kennst du sie gut?" Ich frage hauptsächlich, um die Zeit zu vertreiben, aber es wäre auch nett zu wissen, ob sie an einen sicheren Ort geht.

„Wir unterhalten uns seit sechs Monaten online", murmelt sie und starrt aus dem Fenster. „Sie denken, ich würde vor einem Ex-Freund weglaufen."

„Nah dran. Du hast keine Sorge, dass sie es sich anders überlegen werden, wenn sie herausfinden, vor wem genau du wegläufst?" Es ist eine gerechtfertigte Befürchtung.

„Ich werde nicht lang genug bei ihnen sein", protestiert sie ... und dann verstummt sie, da sie sich vermutlich daran erinnert, was passiert ist. „Warum?"

„Ich will dich nicht an sie übergeben und dann herausfinden, dass du aufgeschmissen bist." Sie hat genug durchgestanden.

„Danke, dass du so rücksichtsvoll bist. Aber ich vertraue ihnen. Ohne sie hätte ich nicht den Mut aufgebracht, zu gehen." Und trotzdem ... sie klingt immer noch beunruhigt.

Das ist gut. Ich bringe ihre Seifenblase nur ungern zum Platzen. Internetfreunde sind nicht immer die Leute, für die wir sie halten — nicht im Catfish-Sinne, aber im Sinne der tagtäglichen Zuverlässigkeit.

„Ich bin froh, dass sie dir geholfen haben. Tut mir leid, wenn ich argwöhnisch zu sein scheine, aber so bleibt man in meiner Branche am Leben." Ich unterdrücke ein Gähnen.

Als wir an Saugerties vorbei sind und in eine Mischung aus Wäldern, Ranches und winzigen Städten dahinter fahren, pocht mein Kopf und Melissa schläft tief und fest. Sie atmet leise und hat den Kopf an das Fenster gelehnt. Ich fahre von der Schnellstraße ab und auf eine der gewundenen Straßen, die durch die ländliche Gegend führt.

Ich finde eine Mulde bei einem Bach und parke unter einer Kiefer, die leicht mit Schnee bedeckt ist. Ich ziehe die Handbremse und stelle den Motor ab.

„Hey, wach auf, Dornröschen, wir haben geparkt. Ich habe ein richtiges Bett, in dem du schlafen kannst. Komm schon."

Sie rührt sich, öffnet die Augen und wirft mir wieder einen verzweifelten Blick zu — als wäre sie immer noch nicht daran gewöhnt, in Freiheit aufzuwachen.

„Oh", murmelt sie nach einem Moment, in dem sie verarbeitet hat, was ich gesagt habe, „gut."

Ich steige aus, um ihr nach hinten zu helfen. Dort ist nur ein Bett, aber alles, was ich bei unserer Müdigkeit erwarten kann, ist Kuscheln. Der Gedanke allein lässt mich vor Vorfreude lächeln.

8

———

MELISSA

Ich wache neben einem leisen Atmen auf und weiß nicht, wo ich bin. Der hartnäckige Geruch von Zigarren und Parfüm, der das Haus meines Vaters durchzieht, fehlt. Der Kissenbezug an meiner Wange ist nicht aus Satin, sondern Flanell.

Wir sind im Laderaum von Chases ‚Fluchtfahrzeug'. Und die Atmung neben mir kommt von ihm.

Die Fremdheit kommt nicht durch den Raum oder seine Anwesenheit. Es ist das zögernde Gefühl der Sicherheit — nicht von dem Moment an, in dem ich aufwache, auf der Hut sein zu müssen — das mich wie warmes Wasser umschließt, als ich mich umsehe. Es ist in Ordnung.

Ich trage nur noch mein seidenes Rollkragenunterhemd und mit Fleece gefütterte Leggings, die ich unter meinen Ledersachen anhatte. Ich bin eingeschlafen, bevor ich gemerkt habe, dass Chase mir nachkommt.

Er hat mich nicht einmal berührt. Ich hasse den Gedanken, dass er die ganze Nacht mit einer Erektion wachgelegen hat.

Mein Kopf ist voller Watte und mein Mund trocken, aber der Kater durch die Betäubung ist verschwunden. Ich drehe mich um und greife nach dem Sportdrink auf dem faltbaren Nachttisch neben mir. Ein paar Schlucke und das Unbehagen lässt so weit nach, dass ich mich aufsetzen kann.

Ich schwinge die Beine über die Bettkante und stelle sie auf dem gepolsterten Boden ab.

Das Innere des Fahrzeugs ist eingeengt, aber wohnlich. Die LEDs der Batterie, die es mit Energie versorgt, blinken auf der mir gegenüberliegenden Wand vor sich hin. Daneben ist eine winzige Dusch-Toiletten-Nische, ein vom Boden bis zur Decke reichender Zylinder mit einer merkwürdigen Klappentür.

Auf der anderen Seite ist eine kleine Anrichte mit einem Mini-Kühlschrank, einem Spülbecken und einer Kochplatte, auf der ein Teekessel steht. Es ist alles ordentlich, sodass während der Fahrt keine Dinge umherfliegen; der Teekessel ist im Moment die einzige Ausnahme.

Ich gehe ins Badezimmer und schließe die Tür, um mein Handy zu benutzen, ohne dass das Licht Chase aufweckt. Der Kerl hat sich seinen Schlaf verdient. Ganz zu schweigen von all dem Geld, das ich ihm versprochen habe.

Ich kann für ein paar Sekunden nicht verstehen, warum ich keinen Empfang habe, bis es mir wieder einfällt: der Faraday'sche Käfig. Dasselbe Ding, das im Moment verhindert, dass ich nachverfolgt werden kann. Es blockiert das Handysignal.

„Verdammt." Ich beginne stattdessen, durch alte Nachrichten und Telefonate zu scrollen, wobei ich nicht die Sprachnachrichten abspiele. Die meisten sind von Vater. Er muss rasend vor Wut sein.

Es ist mir mittlerweile nur noch egal. Was auch sonst? Er hat sich selbst zu einem angsteinflößenden Feind gemacht. Da gibt es keinen Platz für Liebe. Oder Respekt. Oder Loyalität.

Es hat immer nur die Angst gegeben—und die Sehnsucht danach, wegzurennen. Aber ich habe nur den Mut dafür aufgebracht, als mein Vater mich an jemand noch Schlimmeres abgegeben hat. *Wahrscheinlich ist auch Enzos Familie hinter mir her. Vielleicht sollte ich den Don von Montreal um Unterschlupf bitten?*

Aber ich will nicht wirklich in Montreal bleiben. Selbst nicht, wenn Dad schreckliche Angst vor der sechsten Familie hat. Er hat auch vor gewissen russischen Kartells Angst. Ich kontrolliere reflexartig die Nachrichten, wobei nichts Neues kommt — natürlich — und prüfe dann die gespeicherten. Ich habe Freunde in Montreal, die sich um mich sorgen. Ich habe genau hier den Beweis.

Amelie: Hat er dir wehgetan?

Ich: Nur ein paar blaue Flecken. Aber ich muss jetzt weg. Ich kann nicht mehr warten.

Amelie: Er weiß nichts von uns. Komm her! Wir können dich für eine Weile unterbringen, bis du alles geklärt hast.

Ich: Bist du sicher?

Amelie: Ja! Es ist überhaupt kein Problem.

Diese Zusicherung habe ich gebraucht. Einfach die alte Unterhaltung lesen und mich daran erinnern, dass ja, Leute, auf die ich mich verlassen kann, in Montreal auf mich warten.

Ich mache mich in dem engen Zylinder fertig, der ein herausziehbares Waschbecken und einen stählernen Spiegel hat. Dann öffne ich die Tür, so leise ich kann.

Chase setzt sich auf und blinzelt mich schlaftrunken an. „Hast du schlafen können?"

„Ja", murmele ich, wobei ich versuche, nicht auf die Muskeln an seinem schlanken Bauch zu sehen. Wie habe ich es geschafft, neben diesem fantastischen Adonis zu schlafen und ihn nicht zu berühren?

„Okay, gut." Er rutscht vom Bett und geht an mir vorbei; der Geruch seines Schweißes ist mit würzigem Aftershave gemischt, und meine Finger verkrampfen sich an meiner Seite in dem Drang, ihn zu berühren. „Ich wasche mich schnell, dann mache ich Kaffee."

„Klasse."

Ich mache das Schrankbett, während er sich wäscht. Ich weiß nicht genau, warum ich es tue: vielleicht um die nervöse Energie loszuwerden, vielleicht als Dankeschön.

Es gibt Gurte, die über den Kissen und der Bettdecke verschließbar sind, um sie zu sichern, wenn das Bett an die Wand geklappt wird. Ich zurre sie fest, als er mit nassem Haar und leicht durch Wasserdampf glänzende Haut herauskommt. „Mach dir keine Gedanken darum, ich mache das", sagt er fröhlich.

Er schaltet die Kaffeemaschine ein und legt dann meinen Koffer auf das Bett, wobei er seine Taschenlampe, sein Messer und einen Schraubenzieher hervorholt. „Er könnte einen Peilsender eingebaut haben, bevor er ihn dir gebracht hat. Ich wünschte, ich hätte einen Signalscanner."

Er nimmt zuerst die Gepäckanhänger ab, öffnet sie mit dem Messer und untersucht sie. Als Nächstes nehmen wir all meine Klamotten und Unterwäsche heraus und ich suche in meinen Schuhen, Socken und meinem Mantel nach etwas, das dick genug ist, um einen winzigen, harten Klumpen zu verstecken. Zuletzt suchen wir den Koffer selbst ab.

„Wo hast du die Idee her, diese geheimen Fächer hinzuzufügen?", fragt er, als er die falsche Innenverkleidung vom Klettverschluss löst, um all das darin versteckte Geld und den Schmuck zu enthüllen. Ich habe Reihen von Haargummis in die Innenverkleidung genäht, sodass die Sachen darin nicht herumrutschen.

„Geschichten von Schmugglern, Abendessen mit Mafiosi, und ich habe eben gut zugehört." Ich hole mein gestohlenes Vermögen heraus und lege die Geldbündel auf die eine, die Juwelen auf die andere Seite.

„Also hast du sie vorzeitig eingenäht, geplant, auf dem Weg nach draußen das Geld deines Vaters zu stehlen und dann daran gearbeitet, wie du abhauen kannst?" Er beginnt die Geldbündel durchzusehen, wobei er sie durchblättert und dann die Papierbänder mustert, die sie zusammenhalten.

„Äh, ja, so ziemlich. Ich habe einfach immer daran weitergearbeitet. Ich hatte nicht wirklich einen Plan, da ich nie wusste, wann die Chance kommen würde." Ich habe Nähfertigkeiten aus einem Kurs verwendet, um diese geheimen Fächer zu nähen, und das Aufbrechen von Safes habe ich gelernt, indem ich betrunkenen Gangstern beim Angeben zugehört habe—und sie dazu überredet habe, es mir zu zeigen. Ich habe einen Bodyguard, der für mich schwärmt, davon überzeugt, mich zum Schießstand mitzunehmen, ‚für den Fall, dass etwas passiert'.

Es hat viel Schmeichelei und Flirterei gebraucht, um ihn zum Nachgeben zu bringen — aber er hat es getan.

Ich kontrolliere jeden Zentimeter des Koffers, dann packe ich all meine Klamotten wieder hinein, während er das Geld kontrolliert und zählt. „Ich habe ... einfach die Basis geschaffen und bin dann gerannt, als ich die Chance hatte."

Eigentlich war es ein glücklicher Zufall gewesen. Ich wäre weggelaufen, selbst wenn ich am Grunde des Hafens geendet wäre.

„Ich kann es dir nicht verübeln." Er fährt mit den Fingern über eines der Geldbündel und runzelt die Stirn, während er es in den Händen dreht.

„Er musste nicht drohen. Jeder, der ihn verärgert oder enttäuscht, stirbt." Meine Stimme ist voll trauriger Unvermeidbarkeit. „Mom auch."

„Heilige Scheiße, das tut mir leid." Er sieht abgelenkt auf. „Meine Familie war ein einziges Fiasko, aber nie so."

„Ja?" Ich sehe ihm zu, wie er dasselbe Bündel Geld in den Händen dreht, als wäre etwas anders daran. „Was hat dein Dad getan?"

Er wirft mir ein düsteres Lächeln zu. „Ist vor eine Kugel

getreten, die mich getroffen hätte. Irgendein Cracksüchtiger. Völlig wahllos."

Ich starre voller Mitgefühl an und nicke, teilweise aus meiner eigenen Angst und meinem Trauma gelöst, durch das Wissen, dass ich mit meiner Trauer nicht allein bin. „Das tut mir leid."

Die Zeit zwischen uns zieht sich; meine Wangen sind warm und mein Magen beginnt zu flattern. Ist es normal, so schnell zu jemandem eine Verbindung aufzubauen?

Weiß ich überhaupt, was normal ist?

Schließlich lässt er den Blick wieder auf das Geldbündel in seiner Hand fallen. „Der hier ist neu geklebt", bemerkt er und fährt mit dem Finger unter das Papierband, um es zu öffnen.

Und da ist es: auf der Unterseite des Streifens, ein schwarzes Plastikquadrat mit eingebettetem Schaltkreislauf, kaum die Größe eines Daumennagels.

„Das muss sein, was sie verfolgt haben." Dann bricht er den Chip in Stücke, bevor er ihn in den Müll wirft. „Jetzt können sie dich nicht mehr verfolgen."

„... Oh." Plötzlich bin ich innerlich taub. *Nur dass er nicht mich verfolgt hat! Er hat sein Geld verfolgt.*

„... Danke."

Dieser Gedanke steckt mir im Kopf, als ich Chase seinen Anteil des Geldes reiche und den Rest und die Juwelen wieder zurück in den Koffer packe. Ich bin kurz davor zu weinen, während ich alles wegräume. Dann habe ich Probleme, den Gurt über meinen gefalteten Klamotten zu schließen, und nachdem der Koffer zweimal wieder aufgeht, schluchze ich plötzlich wie ein Baby — wegen nichts.

„Oh scheiße", murmelt er, dann schließt er den Koffer und stellt ihn auf den Boden, bevor er mich in seine Arme zieht. „Was ist? Was ist los?"

„Ich weiß nicht", weine ich in seine Schulter und klammere

mich an ihn, dankbar dafür, dass jemand da ist, der mich halten kann. Mein ganzes Leben lang habe ich meine Gefühle in mir gehalten. Den Schmerz, die Angst, die Trauer, die Wut: Alles verborgen, des Überlebens willen.

Aber jetzt bin ich fern meines Vaters bei jemandem, der sicher und nett ist, und er drückt mich an seine harte Brust, fest genug, dass mein Herzschlag langsamer wird und ich mich weiter an ihn schmiege.

Und ich weine, weil ich es kann.

„Es wird alles gut", murmelt er und nimmt eine Box Taschentücher, bevor er wieder beide Arme um mich legt. Er beschwert sich nicht, wird nicht ungeduldig und begrabscht mich nicht; er ist liebevoll. Das lässt mich schluchzen, als würde mir irgendein tödliches Gift aus den Tränenkanälen laufen.

Er wischt meine Tränen weg und bringt mir Wasser, dann reibt er mir den Rücken und spricht mir beruhigende Worte zu, bis ich mich wieder zusammenreiße. Ich habe noch nie jemand so Nettes getroffen. Vielleicht ist es die ganze verrückte Situation, aber was als Nächstes passiert ist so unvermeidlich wie die Gezeiten.

Wir küssen uns.

Es ist nicht mein erster Kuss, aber der erste, nach dem mir nicht die Lippen wehtun. Sein Mund ist weich auf meinem, seine leichten Stoppeln kratzen, aber nicht auf unangenehme Weise. Er schmeckt nach Pfefferminzkaugummi, und als seine Zungenspitze meine neckt, vergesse ich für einen Moment das Atmen.

Der Kuss ebbt auf und ab, seine Lippen liebkosen meine zart und dann fest, seine Arme um mich herum werden fester, als ich mit den Händen durch seine Haare fahre. Hitze durchfährt mich, ich entspanne mich und lasse ihn tun, was auch immer er will.

Seine Hände wandern über meinen Körper, entschlossen

und gemächlich, als würde er mein Fleisch aus Lehm formen. Sie fahren über seine Taille, meine Arme, meinen Hintern, meinen Rücken; ich beginne, seinen Rücken und seine Seite mit den Fingerspitzen zu erkunden, wobei ich spüre, wie sich seine Muskeln unter meiner Berührung anspannen.

Als er den Kuss unterbricht, sieht er mich an, seine Augen dunkel, als sie in meinem Gesicht suchen. Ich bin atemlos, beraubt, meine Lippen kribbeln immer noch von dem Kuss und ich weiß nicht, was ich sagen soll. Dann küsst er mich erneut, noch heftiger, und sein leises, hungriges Stöhnen lässt meinen ganzen Körper mit unbekanntem Verlangen in Flammen aufgehen.

Zuvor waren meine Gefühle für ihn abstrakt, beinahe schüchtern. Jetzt ist mein Verlangen grundlegend und gegenständlich: Ich will seinen Körper auf meinem und ihn tief in mir. Ich will ihn stöhnen und keuchen und meinen Namen schreien hören und seine Hände wie jetzt auf mir spüren — aber mehr.

Er beginnt, meine Brüste durch die Seide hindurch zu streicheln; ich schnappe nach Luft und wimmere an seinem Mund, als meine Brustwarzen hart werden und elektrische Stöße erfahren. Er nimmt sie zwischen Daumen und Zeigefinger, um sie zu drehen, dann schiebt er den Stoff vor und zurück, bis meine Hüften sich mitbewegen.

Es ist alles so perfekt und behaglich, dass ich mich überhaupt nicht nervös fühle, als er mich auf das Bett legt. Ich will einfach nur mehr. Mehr Küsse, mehr Liebkosungen, mehr dieses wundervollen Kribbelns in mir, das mit jedem verstreichenden Moment stärker wird.

Seine Hände kneten und streicheln meine Brüste beinahe ehrfürchtig; er küsst meinen Hals, nur ein wenig grob, seine Atmung stockt bereits. Er wandert langsam meinen Körper hinab, wobei er an meinem Puls verweilt, bevor er sich wieder meinem Hals zuwendet. Als sein Mund meine Brüste erreicht, vergräbt er seine Nase dazwischen, bevor er zu mir aufsieht.

Ich nicke, dann schiebt er den Stoff meines Oberteils nach oben und bedeckt eine meiner Brüste mit sanften Küssen. Es beruhigt und frustriert mich gleichzeitig; seine langsamen Bewegungen, seine Zärtlichkeit ist das, was ich brauche — und ich stöhne erleichtert auf, als sein Mund meine Brustwarze umschließt.

Seine Zunge umfährt meine empfindliche Haut und schlägt dann dagegen; ich schnappe nach Luft und vergrabe die Finger in seinen Schultern, als er zu langen, üppigen Bewegungen übergeht. Ich winde mich unter ihm und reibe unbewusst meine Hüften, wobei der Schritt meiner Leggings schnell feucht wird.

„Ah ... Chase ... hör nicht auf", flehe ich und er zieht harter, woraufhin ich zittere und meine Hüften noch stärker an ihm reibe. Das Verlangen erfüllt zu werden, auf Arten stimuliert zu werden, die ich nicht kenne, wird mit jeder Sekunde stärker. Jetzt gleitet seine Hand zwischen meine Beine ... und als ich mich reflexartig dagegen drücke, beginnt er dort über dem Stoff zu reiben.

„Oh!", keuche ich völlig erstaunt. Die Empfindung ist beinahe perfekt ... fast genau das, wonach ich mich sehne.

Er wechselt zu meiner anderen Brust, mein Rücken wölbt sich und er schiebt seine Hand unter meine Leggings, um mich direkt zu liebkosen. Er benutzt seinen Daumen und bewegt ihn gleichzeitig mit seinem Mund; meine Zehen verkrampfen sich und ich spanne mich immer mehr an.

Jetzt schreie ich vor Lust, glühend, brennend, meine Stimme voller Verzweiflung. Ich kann keine Worte mehr bilden, es fühlt sich zu gut an.

Und dann —

Wellen der Glückseligkeit brechen sich über mir, explodieren und lassen mich nach Luft schnappen. Es ist so gut, dass ich möchte, dass es ewig anhält ... aber dann wird es langsamer und weniger, bevor es schließlich aufhört. Zufrieden und fassungslos keuche ich atemlos, während ich langsam wieder zu Sinnen komme.

Chase hebt den Kopf und lächelt. „Na bitte. Hat dir das gefallen?"

Tränen der Ungläubigkeit treten mir in die Augen. „Ich bin *gekommen*", keuche ich und er nickt.

„Ja, bist du. Und es war umwerfend." Er greift nach dem Gürtel seiner Jeans, während ich daliege. „Und jetzt würde ich wirklich gerne —"

Und das ist genau der Moment, in dem jemand an die Tür klopft.

Ich schreie überrascht auf und setze mich auf, wobei ich mein Shirt nach unten zerre.

„Badezimmer", weist Chase an, als er sich aufrichtet und leise flucht. „Ich kümmere mich um wer auch immer das ist."

Ich schlüpfe auf wackeligen Beinen in das Badezimmer, mein Herz schlägt trotz meiner angenehm entspannten Muskeln schnell. Meine Haut ist schweißnass und der Duft meiner Erregung lässt mich rot werden, als ich die Tür hinter mir schließe. Ich fühle mich wie ein Teenager in einer Sitcom, die sich im Badezimmer ihres Freundes versteckt, da irgendein aufdringlicher Elternteil an die Tür klopft.

Das erinnert mich an meinen Vater und ich erstarre, da ich realisiere, dass es Benny und die anderen sein könnten. Als ich höre, wie die Tür aufgeschlossen und hochgezogen wird, geht mir als erstes *Meine Tasche mit der Waffe ist draußen* durch den Kopf und Adrenalin durchströmt mich.

Ich höre Stimmen. Chase versucht, mit einem unbekannten Mann zu diskutieren. Die Unterhaltung ist kurz. Dann höre ich

Chase seufzen und die Tür wird ratternd wieder geschlossen. Ich entspanne mich—dann klopft er an die Tür.

„Hey, es ist ein Ranger. Wir können hier nicht parken. Und nein, er wird uns nicht in Ruhe lassen und später wiederkommen." Seine Stimme läuft vor sexuellem Frust über ... und ich fühle mich schrecklich für ihn.

Das wievielte Mal ist das jetzt, das zweite? Und er hat mir eben gezeigt, wie sich ein Orgasmus anfühlt.

Und es war wundervoll. Und ich will mehr. Verdammte Ranger.

„Äh, okay, ich ziehe mich an", antworte ich und grolle dem störenden Ranger. „Man würde meinen, er hätte besseres zu tun."

Er küsst mich und ich spüre, wie seine immer noch feste Erektion in meinen Bauch drückt. „Wir machen später weiter", verspricht er.

Plötzlich bin ich wieder atemlos und kribbelig. „Ich kann es nicht erwarten."

9

ALAN

Ich bin voller Widerspruch, als wir wieder auf die Schnellstraße zurückkehren. Es ist vermutlich eine schlechte Idee, sich mit einer geflohenen Mafia-Prinzessin einzulassen. Aber verdammt ... ich mag sie. Ich will sie nicht in Montreal mit Fremden allein lassen.

Sie wäre sicherer bei mir.

Das ist völlig irrational. Aber etwas an dieser ganzen ‚Freunde in Montreal'-Sache fühlt sich nicht richtig an.

Vielleicht bin ich eifersüchtig. Vielleicht will ich sie an niemanden übergeben und lasse mir nur Ausreden einfallen.

Ein Kerl wie ich kann es sich nicht leisten, sich an jemanden zu binden. Ich bin immer unterwegs, um entweder zu klauen oder zu transportieren. Ich bleibe nie lange an einem Ort.

Es bedeutet, dass ich mich mit niemandem niederlassen kann — es sei denn, ich finde jemanden, der bereit ist, mit mir umherzureisen. Wenn ich irgendwo Wurzeln schlage, wo ich Verbrechen begangen habe, dann gibt das der Polizei eine Chance, mich zu fangen.

Ich würde mich lieber erschießen, als im Gefängnis zu landen.

Wie kann Melissa da hineinpassen? Sie ist jetzt selbst entwurzelt. Aber kann sie mit mir Nomadendieb spielen? Mag ich sie genug?

Ich sehe sie an, wie sie abgelenkt aus dem Fenster starrt, ihr kupferfarbenes Haar über eine Schulter gelegt. Das Licht fängt sich in ihren Augen und ich spüre, wie meine Brust und der Schritt meiner Jeans eng werden. *Ja, tue ich.*

Auf der anderen Seite weiß ich auch über das Verbinden in Krisenzeiten. Vielleicht sollte ich mich zurückhalten, bis wir sicher über der Grenze sind und nicht um unser Leben rennen.

Dann können wir mit klarem Kopf darüber reden. Jedenfalls nachdem ich ihr ein paar Mal das Hirn rausgevögelt habe. Ein Versprechen ist ein Versprechen.

Trotzdem machen mich diese Gedanken neugierig, ob Melissa für diese Idee offen ist. „Hey", riskiere ich es, und sie dreht sich zu mir um.

„Ja?" Sie lächelt, entspannt; in ihren Augen liegt Wärme.

Ich konzentriere mich auf die Straße, bevor ich mich zu sehr ablenken lasse. „Du, äh ... hast du darüber nachgedacht, was du tun willst, sobald du deine Freunde in Montreal verlässt?"

Sie verstummt für einen Moment. „Ich ... habe noch nicht darüber nachgedacht. Ich bin nie weiter gekommen, als tatsächlich nach Montreal zu kommen. Was merkwürdig ist."

„Es ist nicht merkwürdig. Wenn man im Überlebensmodus ist, denkt man nicht viel weiter als das, was in den nächsten Tagen passiert. Man versucht durchzukommen."

Was will sie mit ihrem Leben anfangen? Wird sie auf das College gehen wollen? Eine neue Fähigkeit lernen? Wäre sie überhaupt an einer Festanstellung interessiert?

Sie hängt bei vielen Dingen hinterher, nur weil sie die Gefangene ihres Vaters war. Vielleicht kann ich irgendwie helfen.

„Das ist es. Ich war mein ganzes Leben im Überlebensmodus." Ihr kleines Lachen am Ende des Satzes ist ohne jeglichen Humor.

„Es ist ziemlich schwer, ohne die richtigen Verbindungen in Kanada Asyl zu bekommen", erkläre ich. „Du wirst wahrscheinlich wieder zurück in die Staaten gekickt. Vielleicht solltest du Kanada nur zum Zwischenstopp machen. Der kann aber recht lang sein."

„Wie lang?" Jetzt klingt sie nervös. Ich fühle mich schlecht, dass sie jetzt darüber nachdenkt, aber das muss sie, und ich schere mich genug darum, um ihr dabei zu helfen.

„Sechs Monate, mit den Pässen, die mein Freund für uns macht. Vertrau mir, die werden die Prüfung der Beamten bestehen."

„Ich glaube dir." Sie zögert einen Moment. „Äh ... wo gehst du nach Montreal hin?"

„Ich wollte den Winter in Lloyd abwarten", setze ich an — und bemerke aus dem Augenwinkel, wie sie zusammenzuckt.

„Es tut mir leid", fängt sie an, die Panik in ihrer Stimme ist wie ein Reflex.

„Nein, es ist okay. Du bezahlst mir eine halbe Million Dollar, und ich bewahre in meinen Mietwohnungen nichts Persönliches auf. Meine Kaution ist mir scheißegal."

Ich greife nach ihrer Hand, als wir eine sichere, gerade Strecke erreichen, und spüre ihre Haut unter meinen Fingern, während ihre Panik nachlässt. „Mein Punkt ist, ich habe keine Pläne. Also, du weißt schon, wenn die Dinge mit deinen Freunden —"

Ich habe keine Chance, meinen Satz zu beenden.

In einem Moment bin ich darauf konzentriert, das Risiko einzugehen und einfach auszusprechen, dass sie mit mir kommen kann, wenn es mit Amelie und deren Freund nicht funktioniert. Im nächsten verkrampft sich mein Magen und ich sage mit ernster Stimme: „Melissa."

Sie erstarrt.

„Schnall dich ab und geh in den Fußraum. Jetzt."

Sie ist unten und zusammengekauert wie ein verängstigtes Kaninchen, bevor ich blinzeln kann. „Gut — jetzt bleib einfach ruhig und werde nicht panisch." Ich atme tief ein und kümmere mich um das, was ich vor mir sehe.

Dieser Teil der Bergstraße, umgeben von Wald, ist an vielen Stellen ein Funkloch für GPS und Handysignale. Deshalb habe ich gewartet, bis wir in diesem Bereich sind, bevor ich mich um den möglichen Peilsender gekümmert habe. Leider bin ich nicht der Einzige, der von diesen Funklöchern weiß.

Dieselben verdammten drei schwarzen Autos warten beinahe genau dort, wo es endet. Sie sind am Fuße des Hangs aufgereiht, wo die Straße breiter wird und hinter der Baumgrenze in der Ferne eine kleine Stadt liegt. *Verdammt, sie müssen vermutet haben, dass wir uns in der toten Zone verstecken und warten auf uns!*

„Was ist?", keucht sie.

„Sie haben vorne die Straße blockiert. Sie müssen vermutet haben, dass du nach Kanada abhauen würdest. Es ist der schnellste Weg aus dem Revier deines Vaters heraus."

„Oh Gott", japst sie. „Was sollen wir tun?"

„Bleib da unten und ich fahre nett und entspannt. Hoffen wir, dass sie meinen Truck nicht gesehen haben, als sie in Lloyd waren. Okay?"

Sie schluckt Luft und erwidert zittrig: „Okay."

Ich halte mich an die Geschwindigkeitsbegrenzung, fahre angepasst und ignoriere den Eisklumpen, der sich in meiner Magengrube formt, als wir auf die drei Limousinen zufahren. Noch mehr Crown Victorias. Es scheint in dem Fuhrpark des Kerls beliebt zu sein.

Ich halte den Atem an, als wir vorbeifahren. Ein Kerl außerhalb des Autos kommt mir sehr bekannt vor. Kräftig, runder

Bauch, Vogelgesicht, mit dunkler Sonnenbrille und einem billigen schwarzen Anzug. Der Abdruck seiner Waffe unter der Jacke ist auch aus Entfernung zu sehen.

Er sieht auf, als ich vorbeifahre, und ich bete, dass der Unterschied in meinem Erscheinen ausreicht, um ihn zu täuschen. *Nichts zu sehen, alles ist völlig durchschnittlich.*

Unser Wagen fährt vorbei und die Autos beginnen in meiner Rückkamera zu schwinden.

„Ist es okay?", haucht sie nervös.

„Gib mir eine Sekunde", murmle ich. „Ich bin mir noch nicht sicher."

Das Quietschen von Reifen alarmiert mich; ich kontrolliere den Kamerabildschirm und sehe alle drei Autos hinter mir. Adrenalin explodiert in mir. Jetzt muss ich mich entscheiden. Abhauen oder hoffen, dass es ein Zufall ist und ruhig bleiben?

Dann lehnt sich jemand aus einem der Autos und eine Kugel prallt von unserem Kotflügel ab. „Oh, scheiße. Nein! Halt dich fest!" Und ich gebe Gas.

Der Motor röhrt, als wir nach vorne schießen, und ich höre Melissa überrascht quietschen, als das Dieselsystem, das zehnmal so viel PS hätte abschleppen können, in Geschwindigkeit übergeht. Wir fliegen über die gerade Strecke und vergrößern schnell unseren Vorsprung. „Wooh! Fresst meinen Staub, ihr Arschlöcher!"

Vor uns ist das Land schwer von Kiefern geschützt. Dahinter beginnt sich die Straße in die Hügel zu winden. Ich hoffe, dass diese Bastarde die örtlichen Straßen nicht so gut kennen wie ich. „Geht es dir gut, Süße?", frage ich.

„Mhm-hm!", quietscht sie, die Stimme an den Knien gedämpft.

„Mach dir keine Sorgen darüber, dass sie Munition verschwenden", rufe ich über den röhrenden Motor hinweg. „Wir sind den Autos weit voraus, die weiter Kugeln an diesem

Truck verschwenden. Er ist gepanzert und die Reifen sind kugelsicher. Sie können dich nicht treffen, wenn du einfach unten bleibst und wir vor ihnen bleiben!"

„Okay", keucht sie und hat Probleme, sich zu beruhigen. „Okay. Ich will dich nicht ablenken."

„Gut, denn ich kann dich entweder beruhigen oder dir den Arsch retten. Nicht beides gleichzeitig."

„Das zweite ist perfekt!", quietscht sie, und es ist so süß, dass ich lache, obwohl ich versuche, uns nicht umzubringen.

Einer der LTDs rast vor den anderen her, gibt wie verrückt Gas, sodass die Reifen auf der frisch gemachten Straße rutschen. Er wird schneller; ich kann unter diesen Bedingungen nur eine bestimmte Geschwindigkeit fahren, aber dem Irren hinter mir ist das egal. Trotzdem kann ich ihn davon abhalten, an uns vorbeizufahren und mich durch das Fenster zu treffen.

Als er an meine Stoßstange kommt, trete ich hart auf die Bremse und höre, wie er mit dem Kühlergrill auf die hintere Stoßstange des Trucks trifft. Seine Reifen rutschen — aber er behält die Kontrolle.

„Was ist los?" Sie klingt ruhiger. „Soll ich zurückschießen?"

„Nein, bleib wo du bist. Bring deinen Kopf nicht auf Höhe der Fenster. Wirst du umhergeschleudert?" Was passiert, wenn wir einen Unfall haben?

„Ein wenig."

„Okay, lass mich sehen, ob ich diesen Kerl loswerden kann, bevor wir die Serpentine erreichen. Sie ist eine Meile entfernt. Wenn ich es nicht kann, muss du dich wieder anschnallen, nur für den Fall." Ich bete, dass es nicht nötig sein wird, aber diese Kerle sind entschlossen, und mein Glück war in letzter Zeit nicht gerade gut.

Natürlich, außer als es fantastisch war — aber darauf kann ich mich nicht verlassen.

Der Kerl beschleunigt und reißt zur Seite, um rechts an mir

vorbeizukommen. Neben der Straße ist auf dieser Seite ein tiefer Graben, zur Hälfte mit zerbrochenen Ästen und Schnee gefüllt. Ich lasse ihn ein wenig aufholen.

Melissa schreit auf, als ich das Lenkrad drehe und den ersten LTD an der Schnauze treffe. Ein lautes Knirschen ertönt, Reifen quietschen.

Ich habe innerhalb von Sekunden die Kontrolle wieder, wir schleudern nur einmal. Dann rase ich wieder weiter, mit einem verzweifelten, unkontrollierten Reifenquietschen hinter uns.

Ich blicke in den Spiegel und sehe den LTD in den Graben fahren, wobei das Heck Schnee aufwirbelt. Eines der anderen Autos rutscht, als es anzuhalten versucht, um nach den Männern zu sehen. Der andere beschleunigt wieder und folgt uns.

„Verdammt. Einer hängt immer noch an uns. Okay, schnall dich an."

Sie springt aus dem Fußraum und auf ihren Sitz, dann macht sie den Gurt mit zitternden Händen fest, während ich vor dem LTD bleibe. Die gerade Strecke ist nicht mehr lang genug, um denselben Trick noch einmal anzuwenden; außerdem bleiben sie jetzt zurück und versuchen stattdessen, mir die Reifen kaputt zu schießen.

„Da vorne ist eine ziemlich scharfe Kurve. Ich muss einen Trick anwenden, um uns bei der Geschwindigkeit da durchzubringen. Wenn ich es versaue, kann ich uns überschlagen lassen. Bleib so ruhig wie möglich und lenk mich nicht ab, indem du schreist. Okay?" Ich kann die Anspannung nicht mehr aus meiner Stimme halten.

„Okay." Sie bedeckt ihr Gesicht mit den Händen, und ich konzentriere mich auf die Straße. „Ich vertraue dir." Es klingt, als würde sie sich selbst überzeugen.

Was ich unter diesen Umständen nicht persönlich nehmen kann.

Ich muss es perfekt timen. Der Truck hat einen höheren Schwerpunkt, als für einen Trick bei dieser Geschwindigkeit ideal ist. Ich muss es mit Fähigkeit ausgleichen — Fähigkeit, von der ich darauf vertraue, dass sie der Kerl hinter mir nicht hat.

Außerdem weiß ich, dass dort eine Kurve ist. Ich wette, dass er es nicht weiß.

Alles scheint sich zu verlangsamen, als sich meine Reflexe einschalten. Ich habe Trucks von doppelter Größe durch solche Kurven gebracht, um Wetten zu gewinnen, und ich bin mit Beulen durchgekommen. Jetzt bewegen sich meine Hände und Füße beinahe automatisch: der Truck wird mein Körper.

Die Reifen schreien, als er um die Kurve driftet, das Heck schwenkt zu weit aus; ich korrigiere gerade rechtzeitig und schaffe es. Für einen Moment habe ich Probleme, wieder gerade zu fahren, dann liegt die Kurve hinter mir.

Eine Sekunde später pflügt der LTD seitwärts durch die Kurve und knallt mit einem fürchterlichen Knirschen in eine große Kiefer. Und erst dann, als dieses Geräusch unsere Ohren erreicht, stößt Melissa schließlich einen überraschten Schrei aus.

Ich richte mich auf und verlangsame so weit, um die bevorstehenden Kurven mit vernünftiger Geschwindigkeit zu nehmen. Mein Herz schlägt schnell und ich muss meinen Griff um das Lenkrad lockern. „Geht es dir gut?"

„Sind sie immer noch hinter uns her?" Ich kontrolliere den Spiegel und sehe nichts als Trümmer auf der Straße.

„Ich glaube, sie haben angehalten, um ihre Jungs aus den zwei Wracks zu schälen, bevor die Polizei kommt."

Eine große Welle der Erleichterung überkommt mich und ich lache. „Heilige Scheiße, das war zu viel. Ich wette, jetzt bist du froh, mich angeheuert zu haben, oder?" Ich schenke ihr ein Grinsen, das weniger großspurig ist und dafür mehr voller Freude, dass wir durchgekommen sind.

„Mehr denn je", seufzt sie. „Denkst du, die wissen, dass wir nach Kanada unterwegs sind?"

„Das kann sein. Wir fahren besser von dieser Straße ab, für den Fall, dass sie einen weiteren Hinterhalt planen." Ich höre die Erleichterung in meiner Stimme.

„Verdammt. Wie halten wir sie davon ab, uns an der Grenze zu erwischen?" Sie klingt wieder besorgt.

„Ich kenne die Straßen besser als sie", erwidere ich selbstsicher. „Es gibt viele Straßen in der Nähe der Grenze, wo man tatsächlich ausversehen auf kanadischem Boden landen kann. Es sind nicht die besten Straßen, besonders im Winter, aber sobald wir unsere Papiere haben, wird sich niemand darum scheren, wenn sie sehen, dass wir dort umherfahren."

„Und wenn die Nebenstraßen geschlossen sind?"

„Es gibt ein paar kleinere Grenzübergänge. Er kann sie nicht alle bewachen; sie sind nicht einmal alle innerhalb seines Reviers, wenn ich mich richtig erinnere." Immer noch kein Anzeichen einer Verfolgung. Ich beginne ruhiger zu werden.

„Ja, das ist die Grenze des Dons von Montreal. Er kontrolliert sie, nicht mein Vater. Ein Grund, warum ich sie ausgewählt habe." Sie sitzt für einen Moment gedankenverloren da. „Die durchsuchen nicht den Truck oder so?"

„Nicht, solange du sie nicht argwöhnisch machst. Du musst nur Fragen beantworten und sie kontrollieren deinen Pass." Ich denke darüber nach, als wir die Berge erreichen. „Wir werden uns allerdings verkleiden müssen."

Sie sieht mich neugierig an. „Verkleiden? Wirklich?"

In meinem Lächeln liegt ein wenig Schalk. „Ja, wir müssen ein paar Stopps einlegen, bevor wir ins Fotostudio gehen. Glaub mir, das wird es wert sein. Sobald mein Typ fertig ist, haben wir bei ein neues Aussehen und eine neue Identität."

· · ·

UNTERBRECHUNG

Carolyn

„SAGEN SIE MIR, wie ihre Zielperson es geschafft hat, Lloyd mitten in der Nacht zu verlassen?", will mein Boss wissen, während ich ein Gähnen unterdrücke. Es war eine wilde Nacht — und seine Wut ist die kleinste meiner Sorgen.

„Kurzform? Er wurde von drei Autos der New Yorker Mafia aus der Stadt gejagt, die auf der Suche nach dem Mädchen sind, das er bei sich hat." Ich bin Davids Mist mittlerweile so leid, dass mir egal ist, was er von meinem lockeren Tonfall hält. Es ist sechs Uhr morgens und ich habe den Großteil der Nacht im eiskalten Regen verbracht.

„Was? Okay, setzen Sie mich ins Bild." Seine Wut ebbt ab, als er eine interessante Geschichte riecht. David ist wie ein großes Kind; wenn ich ihn unterhalten und davon abhalten kann, sein Ego zu sehr zu verletzen, bin ich ihn für gewöhnlich eine Weile lang los.

„Ich habe Chases Mietshaus inspiziert, wie vorgeschlagen." Eher bin ich auf einem Parkhaus erfroren, während ich spontan nach dem Mädchen recherchiert habe, dass er bei sich hatte. „Er ist um viertel vor drei zu Hause angekommen, begleitet von einer Frau, die ich als Melissa Lucca identifiziert habe."

„Die Mafia-Prinzessin? Gianni Luccas Tochter?"

„Korrektur." Ich kann die Schadenfreude nicht aus meiner Stimme halten. „Gianni Luccas *fliehende* Tochter, die versucht, von ihm wegzukommen. Die vermutlich viele Beweise gegen ihn hat und wahrscheinlich einen Deal macht, um ihn loszuwerden."

„Fuck!" Er atmet schwer, ich kann mir vorstellen, wie er in

seinem Büro im Kreis läuft. „Diese Spur ist zu gut, um ihr nicht zu folgen, und Sie sind die Einzige in Position."

Ich will über ihn lachen. „Ja, Sir."

„In Ordnung." Er hält inne, um nachzudenken. Das kostet ihn vermutlich viel Anstrengung. „Wir wissen, dass dieser Kerl schon zuvor Transporte gemacht hat. Hat er Verbindungen zu den Luccas?"

„Nein. Meine Vermutung ist, dass sie ihn als Freelancer angeheuert hat." Tatsächlich weiß ich, dass sie das getan hat. Ich weiß nur nicht wie — oder wer genau mir die Informationen darüber geschickt hat.

Die Nachrichten kamen letzte Nacht wohl von einem Wegwerfhandy, das mich blockiert hat, sobald ich versucht habe zu antworten.

Direkt nachdem ich Alan Chases eindrucksvollen Ständer gesehen und meinen verdammten Feldstecher über die Kante des Parkhauses habe fallen lassen. Anscheinend hat der Kerl den Job von Melissa nicht nur des Geldes wegen angenommen.

Glückliches Mädchen. Er ist nicht mein Typ, aber ... verdammt.

Die Reihe von Nachrichten hat meine Alarmglocken von Anfang an schrillen lassen. Aber sie haben auch korrekte — und sehr wichtige — Informationen enthalten.

Passen Sie genau auf, Special Agent, ansonsten wird eine unschuldige Frau sterben.

Die einzige Tochter der Lucca Familie, Melissa, ist bei Mr. Chase.

Sie möchte fliehen. Ich möchte, dass Sie ihr helfen.

Vollstrecker sind unterwegs, um sie zu holen oder zu töten. Halten Sie Ausschau nach einem Trio aus schwarzen Crown Victorias.

Warnen Sie Mr. Chase auf jede mögliche Art.

Wer auch immer es war, hat meine Forderung, sich zu identifizieren, ignoriert. Schlussendlich habe ich gemäß Weisung gehandelt — und schnell die Autos hintereinander von der Schnellstraße abbiegen und auf das Haus zufahren sehen, das ich beobachtet habe. Ich habe die Aufmerksamkeit des Bewohners mit meiner Taschenlampe erregt und durch mein Teleobjektiv zugesehen, wie sie geflohen sind.

Wer hat diese Nachricht geschickt? Ich habe ein paar Vermutungen, aber nichts Konkretes. Und im Moment gebe ich David diese neue Quelle noch nicht preis.

„Lassen Sie mich das auf die Straße bringen, oder soll ich in Lloyd bleiben und auf weitere Anweisungen waren?" Im Moment hält mich der Papierkram hier. Ich bin nur bereit, eine bestimmte Menge an Verweigerung der Kooperation seitens meines Bosses gleichzeitig zu riskieren.

„Auf die Straße. Irgendeine Ahnung, wohin sie unterwegs sind?" Er tippt jetzt im Hintergrund.

„Nach Norden. Das müssen sie. Es ist der schnellste Weg aus dem Lucca-Revier heraus." Ich habe gemischte Gefühle, eine verängstigte, unschuldige Zeugin wie Melissa Lucca an David zu überreichen. Aber wenn ich meinen Namen in Verbindung mit einem so hoch gehandelten Gewinn wie der Festnahme ihres Vaters bringen kann, dann werde ich nicht länger die aalglatten Täter auf Davids ‚Nie erwischt'-Liste jagen.

„Norden. Okay. Ich lasse die Außendienststelle in Buffalo Verstärkung losschicken und werde sehen, ob sie an der Grenze nach ihr suchen können. Wir werden es auch die kanadische Polizei wissen lassen." Weiteres Tippen. Dann, fast widerwillig: „Gute Arbeit."

„Danke, Sir." *Ja, das Lob gibst du mir besser, nachdem du mich all den Mist hast durchmachen lassen.*

Aber es wirft in mir immer noch die Frage auf: Wer ist mein mysteriöser Informant, und woher wusste er es? Woher wusste er, wie er mich erreichen kann?

Vielleicht ist es ein Mafioso, den Melissa zur Hilfe über-

reden konnte? Vielleicht ist es Melissa? Oder vielleicht ist es ...
jemand anders?

Ich blicke misstrauisch auf die Akte auf meinem Tisch, als
befände sich darin eine Giftschlange. Es gibt eine weitere
Möglichkeit — eine andere Person, die Informationen mit ein
wenig Mühe bekommen könnte.

Ich bin nicht bereit, diese Akte zu öffnen, zu meinem fünften
Verdächtigen zu gehen und diese Möglichkeit in Betracht zu
ziehen. Es ist ausgeschlossen, dass *er* da mit drinhängt. Der
berüchtigtste, hemmungsloseste Hacker der Nation würde sich
nicht um irgendein Mädchen scheren, das vor seiner furcht-
baren Familie flieht.

Oder würde er das?

„In Ordnung, ich gebe Ihnen extra für das Reisebudget und
Unterkunft in der Nähe der Grenze. Ich rufe Sie wegen der
Einzelheiten an. Fangen Sie zu packen an." Seine Stimme ist
barsch und widerwillig, aber ich lächle trotzdem.

Einen der aalglattesten Autodiebe der USA zu jagen ist nicht
meine Vorstellung von guter Nutzung meiner Zeit. Aber einem
verängstigten Mädchen dabei zu helfen, vor seinem Vater zu
fliehen, das es in Gefangenschaft oder tot sehen will — wobei
ich einen Schritt nach vorne mache, um ihn hinter Gitter zu
bringen — und dadurch im FBI Karriere machen? Das ist mehr
meine Sache.

Mein Handy vibriert erneut. Es ist eine weitere unbekannte
Nummer.

Es hat einen Unfall auf der 87 gegeben.

Luccas Männer. Zwei der drei Autos sind außer Gefecht.

**Er wird Verstärkung schicken. Erwarten Sie sie an der
Grenze.**

„Oh, das wird lustig", murmle ich sarkastisch und denke an
das riesige Grenzchaos aus FBI, kanadischer Polizei und
Mafiosi, die auf Chase und Melissa warten.

Wer sind Sie?, schreibe ich meinem mysteriösen Informanten.

Seien Sie geduldig, Special Agent.

Ihre Kooperation wird zu meinem weiteren Entgegenkommen führen.

Und dann blockieren sie mich wieder. „Scheiße", knurre ich, dann stampfe ich durch mein Hotelzimmer, um zu packen.

Ich muss zu Melissa und Alan Chase kommen, bevor sie die Grenze erreichen, sonst kann es sehr schnell den Bach heruntergehen.

10

MELISSA

Ich will mir die Haare nicht schneiden oder färben", gebe ich zu, als wir vor dem Friseur anhalten. Die Stadt, in der der Fälscher lebt, ist ein kleiner, einsamer Ort, windgepeitscht und verschneit. Neben Lloyd, was nah an Poughkeepsie liegt und nur eine kurze Fahrt von der Stadt ist, fühlt sich diese Stadt beinahe so abgeschieden an wie eine Siedlung in Alaska.

„Ich will das auch nicht — deine Haare sind wundervoll." Er parkt, dann lehnt er sich zu mir und vergräbt kurz das Gesicht in meinen Haaren, während ich kichere. „Aber es ist auch charakteristisch, und es gibt ein paar gruselige Kerle, die dir folgen."

„Ich verstehe. Es ist nur ..." Meine Haare sind das Einzige, was ich von meiner Mutter geerbt habe—außer ihrer fürchterlichen Situation. Jeder in der Familie meines Vaters ist dunkler mit kaffeefarbenen Haaren. Der symbolische Rotschopf zu sein, hat sich immer wie eine Meuterei angefühlt.

„Es wird nicht für immer sein. Vielleicht kannst du dir Haarverlängerungen machen lassen, um die Länge zu verändern, ohne etwas abzuschneiden?" Er lehnt sich zurück und schnallt sich ab. Er hat sein Haar bereits verändert, indem er es beinahe auf Militärlänge gestutzt hat, was mich enttäuscht. Ich wollte noch einmal mit den Fingern hindurchfahren.

„Das ist eine ziemlich gute Idee", grüble ich. Eine Perücke ist nicht möglich; wenn ich durchsucht werde, wird es Fragen aufwerfen. Ich will zu meinem alten Haar zurückkehren, ohne darauf warten zu müssen, dass es rauswächst.

Die Friseurin ist eine zierliche alte Frau, die freundlich plaudert und Chase ausschimpft, dass er mir noch keinen Ring an den Finger gesteckt hat. Sie bringt mich zum Lächeln, als sie meine rotblonden Locken in einen geraden, kastanienbraunen Zopf verwandelt. Das unbekannte Gewicht zieht an meiner Kopfhaut, als ich mich im Spiegel betrachte.

„Es bringt deine Augen zur Geltung", versichert Chase mir, als er neben mich kommt und mir die Wange küsst. „Jetzt besorgen wir dir andere Klamotten."

Als wir vor der umgebauten Scheune außerhalb der Stadt anhalten, sehen wir wie ein völlig anderes Paar aus. Ich habe mein Leder gegen Wolle getauscht: eine Jacke mit Fischgrätenmuster über einem eleganten, auberginefarbenen Hosenanzug. Eine dunkel umrandete Brille sitzt auf meiner Nase.

„Mir gefällt der Look einer heißen Bibliothekarin", sagt Chase. Ich versuche zu ignorieren, wie heiß er in seinem dunklen Tweedanzug aussieht. Wenn ich das nicht tue, bin ich zu versucht, den Vorschlag zu machen, dass wir wieder in seinen Truck steigen.

„Das bin nicht ich. Aber ... ich nehme an, das ist ja der Sinn." Niemand in der Familie würde mich erkennen. Ich sehe ungewöhnlich aus: professionell und selbstsicher.

Als wir auf das Gelände kommen, dreht sich eine Überwachungskamera zu uns und durch das Gitter an der Tür ertönt eine Stimme. „Hast du das Geld, Chase?", krächzt eine so heisere Raucherstimme, dass ich nicht weiß, ob es ein Mann oder eine Frau ist.

„Oh, komm schon, Paulie, würde ich mit leeren Händen zu dir kommen?" Chase grinst in die Kamera. „Es ist alles hier. Mach auf."

„In Ordnung, gib mir eine Minute", grummelt die Stimme. Ein Stuhl quietscht und die Sprechanlage kracht.

Wer auch immer hinter der Tür ist, er lässt uns hinein; ein schwer klingendes Schloss geht auf und Chase tritt nach vorne, um die Tür aufzustoßen. Die Luft, die herauskommt, ist warm und riecht stark nach Zigarettenrauch. Ich unterdrücke ein Husten, als ich Chase hineinfolge.

Der Eingang ist ein komplett ummauerter Raum mit billiger Holzverkleidung. Es sieht aus wie ein Fotostudio, wenn auch etwas chaotischer und stinkender. Ich drehe mich um und werfe Chase einen zweifelnden Blick zu, aber er lächelt und klopft mir auf den Rücken.

„Es sieht nicht nach viel aus, aber vertrau mir. Paulie ist der Beste und arbeitet schnell."

Ich habe keine Zeit zu sprechen, bevor sich die Stahltür öffnet und ein kleiner, skelettartiger Mann, der wie ein alternder Rocker aussieht, durch die Tür kommt und auf uns zugeht.

Gelbe Flecken auf seinen Lippen und seinen Fingern, sein Shirt und seine Jeans haben Brandlöcher und er lächelt uns mit übergroßen, gelben Zähnen an. „Wie läuft's? Das ist ein neuer Look für dich, und wer ist das Mädchen? Ich bin Paulie. Hi."

Ich blinzle ihn nur an. „... äh. Hi."

Seine vernarbte Hand schießt nach vorne und ich schüttle sie, wobei ich aufgrund des von ihm ausgehenden Zigarettenrauchs huste. Er redet einfach weiter.

„Nett, dich kennenzulernen. Sieh mal, äh, Alan, ich muss wissen, welche Namen drauf sollen. Geht ihr als verheiratetes Pärchen durch?"

„Ja", erwidert Chase locker und ich nicke. „Eric und Madelyne Corso."

Wir haben eine Weile gebraucht, um uns für Namen zu entscheiden, aber mit dem Zerstörungsderby in den Bergen hinter uns, hatten wir auf der Straße nichts als Zeit. Zeit zu planen, zu flirten und darüber zu reden, in Montreal vielleicht noch ein wenig Zeit miteinander zu verbringen. Ich bin froh, dass er da bleiben wird, zumindest für eine Weile.

Ich will nie wieder ohne seine Berührung sein.

Wie soll ich ihn meinen Freunden in Montreal vorstellen? Es geht so viel Verrücktes vor sich! Mich inmitten dessen unerwartet in jemanden zu verlieben, ist ein willkommener Lichtblick. Werden sie es verstehen?

Sie werden vermutlich nicht den falschen Pass verstehen, um sicher über die Grenze zu kommen. Oder den ganzen Rest. Das Ausmaß ihrer Probleme ist nur, dass sie ständig pleite sind — etwas, bei dem ich ihnen helfen möchte.

„Das ist süß, ihr seid ein bezauberndes Paar." Paulie wackelt mit dem Kopf, wobei sein strähniges graues Haar an den Seiten seines schmalen Gesichts kleben bleibt. „Okay! Also. Ich werde eure Fotos machen, die Unterlagen fertig machen, eure Pässe zusammensetzen und dann seid ihr hier weg."

Chase seufzt. „Da ist noch etwas, Paulie. Du musst für eine Woche oder so auf meinen Truck aufpassen."

„Oh, du nimmst den Mercedes? In Ordnung." Er gräbt in der Tasche seiner schäbigen Jeans nach dem Schlüssel, dann zieht er einen vom Ring und reicht ihn herüber. „Ich habe sie neu lackieren lassen, ein nettes, neutrales Blau, wie du gebeten hast. Sollte überhaupt nicht auffallen."

„Danke." Er zählt mehrere Hunderter aus seinem Bündel und gibt sie ihm. „Deckt das alles ab?"

Paulie sieht flüchtig nach. „Ja, danke, ich frage nicht gern."

Chase nickt. „Daran erinnere ich mich." Er dreht sich zu mir um. „Willst du deine Fotos zuerst machen lassen?"

MEIN KOPF POCHT nach den mehreren Stunden in der verrauchten Luft, als wir mit unseren neuen Pässen und neuer Autozulassung aus dem Fotostudio kommen. Paulie war brillant, aber es ist schwer, in seiner Nähe zu atmen. „Ich muss danach spazieren gehen oder sowas."

„Ja, ich auch." Wir holen meinen Koffer aus dem Truck und er sichert alles, bevor wir ihn hinter die Scheune fahren. Der blaue Mercedes SUV wartet auf uns; er fügt sich komplett darin ein, was die Reichen staataufwärts fahren.

Wir legen meine Sachen in den Kofferraum und machen einen kurzen Spaziergang auf dem gerodeten Feld daneben. Gelegentlich kommt eine Schneeflocke herunter; unser Atem ist sichtbar und der gefrorene Schlamm fühlt sich unter meinen Stiefeln gummiartig an. „Wir wissen fast nichts voneinander", beginnt Chase, woraufhin ich mich anspanne.

„Ja. Das hat geschäftlich angefangen", erwidere ich und frage mich immer noch, was es jetzt ist. Es fühlt sich an wie der Beginn einer Romanze. Aber was weiß ich darüber?

„Ja. Nicht mehr. Du und ich wissen das." Der dünne Schnee knirscht unter unseren Stiefeln, als wir eine Weile stumm nebeneinander hergehen.

„Wenn wir nach Montreal zusammenbleiben —", setze ich an und erstarre, da mich mein eigener Wagemut und meine Impulsivität verwirren.

Er wirft mir einen Blick zu und sieht dann weg, seine Hände vergraben sich tiefer in seinen Taschen. „Lass mich raten. Du wirst sagen, dass es zu gefährlich für mich ist, bei dir zu bleiben, da du immer vor deinem Vater weglaufen wirst."

Er hat recht — das ist, was angesprochen werden muss. „Das ist Teil davon, ja."

„Was ist dann der Rest? Denn ich bin an das Weglaufen

gewöhnt. Ich bin gut darin. Das macht es jedem schwer, dich zu erwischen."

Ich gehe neben ihm her, auf der Suche nach den richtigen Worten. „Ich...ich habe Probleme, Chase. Bei diesen Leuten zu sein, hat mich ziemlich verkorkst. Du hast mich gerettet, und das Erste, was ich getan habe, war, eine Waffe auf dich zu richten. Ich weiß, dass das nicht typisch ist."

Er lacht scharf. „Nein, ist es nicht, aber nichts an dieser Situation war normal. Ich kann dir die heftige Reaktion auf beschissene Umstände nicht verübeln."

„Oh." Wir gehen weiter. Ein paar Eichelhäher folgen uns neugierig von Baum zu Baum. „Also."

„Also vielleicht ...", fährt er fort, „vielleicht sagst du das Treffen mit deinen Freunden, die du nie wirklich getroffen hast, ab, und gehst stattdessen mit mir?"

Ich bleibe stehen und sehe ihn an, mein Atem stockt. „... was?"

„Wir könnten nach British Columbia gehen und dort für eine Weile bleiben. Das Wetter ist besser, die Menschen sind nett, Gras ist legal und das Bier ist gut." Er redet schneller, seine Augen leuchten und tief in mir drin fühlt sich etwas gelöst an, als wäre das ein Traum.

„Ich...wollte wirklich...zumindest bei ihnen vorbeischauen", bringe ich heraus. Nichts scheint richtig zu sein. „Sie machen sich seit Monaten Sorgen um mich, ich sollte zumindest ... hallo sagen."

Er scheint erleichtert zu sein. „Naja, das ist kein *Nein*."

Daraufhin lächle ich und eine Wärme in mir zerstreut noch mehr meiner Trauer und meiner Furcht. „Nein, ist es nicht. Ich habe ein Versprechen zu halten."

„Die sind wichtig." Wir sind jetzt zur Hälfte um den Weidezaun herum und drehen uns um, um zurückzugehen. Ein paar Schneeflocken landen in meinem Haar, und er hebt die Hand, um sie wegzustreichen.

Ich atme zittrig ein. „Das ist eine komische Art, jemanden kennenzulernen, du hast recht. Mein ganzes Leben war merkwürdig. Ich...ich will nicht von dir weg, wenn wir nach Montreal kommen.“

Er hält mich zärtlich an, stellt sich vor mich und berührt mein Kinn mit federleichter Berührung, damit ich ihn ansehe. „Ich will auch nicht weg. Ich weiß nicht, wohin das führt, aber im Moment möchte ich dich bei mir haben.“

Ich lächle leicht. „Okay.“

Sein Kuss gibt mir ein weiteres fremdes Gefühl: Befriedigung. Für einen Moment, hier in seinen Armen, ist es genug, einfach nur hier zu sein. Nicht in der Vergangenheit zu verweilen, keine Angst vor der Zukunft zu haben. Im Moment lebe ich und bin bei ihm, und das ist genug.

11

ALAN

Ich bin fürchterlich. Nach einem so liebevollen Moment kann ich nur ans Vögeln denken.

Trotzdem sind wir weniger als zwei Stunden davon entfernt, diese Reise zu beenden—und danach ist mehr als genug Zeit, um die Beziehung zu vollziehen. Meine blauen Eier explodieren förmlich, seit ich sie getroffen habe: so viele verdammte Verzögerungen und Unterbrechungen. Das ist beinahe vorüber.

Ich muss nur geduldig sein.

Nach Kanada zu kommen ist komplizierter als erwartet, schlicht wegen der vielen Nebenstraßen, die über Winter geschlossen sind. Wir entscheiden uns dafür, am Trout River über die Grenze zu gehen, weit genug von der Interstate 87 entfernt. Es dauert ungefähr eine halbe Stunde zusätzlich, um dorthin zu kommen, aber wir verbringen sie gut, indem wir über den besten Unsinn reden.

„Lieblingsessen?", frage ich sie, als wir matschige Straße entlangschleichen, die seit drei Tagen nicht mehr geplättet wurde.

„Cheeseburger." Sie sieht jetzt überall hin, die Augen weit

aufgerissen, wie ein Kind auf seiner ersten Reise. „Mit sauren Gurken und viel Cheddar."

„Wirklich? Gibt es eine Geschichte dahinter?" Die Station liegt in der Ferne; es gibt viel Nichts und man kann meilenweit sehen.

„Dieser Bodyguard war in mich verknallt, als ich sechzehn war." Ihr Lächeln ist für einen kurzen Moment angespannt. „Er hat mich nie angefasst, wollte es aber. Ich habe versucht zu lernen, wie ich mich selbst verteidigen kann, aber mein Dad hat mich dabei nie unterstützt. Ich habe Tony gebeten, mich zum Schießstand mitzunehmen, damit ich das Schießen lerne. Ich musste ihm viel gut zureden, aber er hat mich mitgenommen und mir die Grundlagen beigebracht." Sie späht zu ihrer Handtasche, und ich tue es ihr gleich — ich konnte bisher noch nicht vergessen, dass sie eine Schusswaffe da drin hat.

„Das erinnert mich daran, mach deine Handtasche zu. Sie werden dich am Grenzübergang nicht durchsuchen, aber wenn sie die entdecken, während wir unsere Pässe abgeben, stecken wir in Schwierigkeiten." Auch wenn nicht viele Uniformierte bemerkenswert gut situierten Paaren Schwierigkeiten machen.

Deshalb die konservativen Klamotten, der Tweed, der dunkle Mercedes; nicht nur ist unser Aussehen getarnt, sondern auch unsere Herkunft. Wir gehen als Frischvermählte über die Grenze, die für Neujahr und ein Filmfestival nach Montreal wollen.

„Kein Problem." Sie holt ihren Pass heraus und schließt die Handtasche, bevor sie sie in den Fußraum stellt. „Wie auch immer, nach jeder Unterrichtsstunde hatten wir ein ‚Date' im örtlichen *Five Guys*. Ich mag deren Burger wirklich. Jedes Mal, wenn ich einen gegessen habe, habe ich etwas getan, das Vater nicht billigen würde."

Ich lache und nicke. Meine eigenen Vorlieben beim Essen sind einfacher: sie sind eine Familientradition. „Ich mag Barbecue. Ich bin ziemlich wählerisch und nicht der beste Koch." Ich werde langsamer, um einen weiteren Schneehügel zu umfahren. Jetzt bin ich froh, dass wir den Truck nicht nutzen konnten — ihn in diesem Chaos zu manövrieren hätte mich wahnsinnig gemacht.

„Mein Dad war wirklich gut beim Barbecue." Daran würde ich lieber nicht denken. „Ich habe einfach nicht das Talent dazu."

„Ich weiß nicht, ob ich es habe. Meine Mom war nicht da, und keine der weiblichen Verwandten meines Vaters wollte in seiner Nähe sein." Sie lacht traurig. „Ich kann es ihnen nicht verübeln, aber niemand war da, um mir Dinge wie das Kochen beizubringen."

„Wie siehst du dann immer so ordentlich aus?" Ich weiß absolut nichts darüber, wie Frauen einander Dinge beibringen. Opa hat mich allein großgezogen.

„Vater hat mich in den Unterricht geschickt. Du weißt schon, Mädcheninternat. Er hat immer daran gedacht, mich mit jemandem zu verheiraten, der zu reich ist, um sich darum zu scheren, ob ich irgendetwas Praktisches kann." Ihr Blick wird distanziert. „Vielleicht wäre ich gut darin."

„Weißt du, wie man fährt?", frage ich, als wir dem Grenzübergang näherkommen. Ich richte die Unterhaltung einfach weiter auf banale Dinge — um sie von irgendwelchen Sorgen bezüglich der Überquerung abzulenken.

„Nicht wirklich. Ich habe versucht, Tony dazu zu bringen, es mir beizubringen, als Vater entschieden hat, mich zu verheiraten. Danach hat er mich eingeschlossen."

„Ich kann es dir beibringen, wenn du willst. Es braucht Übung, aber sobald die Bewegungen zum Reflex werden, denkst du kaum noch darüber nach. Es sei denn natürlich, du fährst am Ende beruflich."

Wir reihen uns hinter einem roten VW Jetta ein, auf dessen

Dach neonfarbene Snowboards festgemacht sind. An diesem Nachmittag überqueren nicht viele Menschen die Grenze.

„Das würde mir gefallen“, sagt sie verträumt und sieht auf ihr Handy.

„Versuchst du wieder, deine Freunde anzurufen?“ Sie versucht es immer wieder, seit wir nah an der Grenze sind. Jedes Mal wird ihr beunruhigtes Stirnrunzeln tiefer.

„Ja, es geht immer nur die Mailbox ran. Sie haben mich darum gebeten, anzurufen, wenn ich eine Stunde entfernt bin, aber jetzt gehen sie nicht ran.“

„Mach dir keine Sorgen. Wir können vorbeifahren und an der Tür klopfen, und wenn niemand aufmacht, nehmen wir uns ein Zimmer, gehen etwas essen und machen uns später darüber Gedanken. Die hängt bezüglich einer Unterkunft nicht von ihnen ab.“ Mit so viel Geld kann sie mühelos in ein Hotel einchecken.

Aber wenn ich nicht hier wäre, wäre sie in einer großen Stadt wie Montreal vor Schreck wie gelähmt gewesen, ohne jegliche Erfahrung, wie sie für sich selbst sorgen kann. Das macht mich noch erleichterter, bei ihr zu sein.

Sie nickt und entspannt ihre geballten Fäuste. „Du hast recht. Wir haben Zeit.“

„Ja.“ Ich will diese Zeit mit wesentlich angenehmeren Dingen verbringen als mit einem leicht fragwürdigen Pärchen, aber … ich verstehe ihr Bedürfnis danach, ihr Gemüt zu beruhigen. „Weißt du, es geht viel vor sich, von dem ich nichts weiß. Aber ich bin doppelt erleichtert, dass wir uns für eine Tarnung und ein anderes Auto entschieden haben.“

„Denkst du, mein Vater hat Leute an jedem Grenzübergang positioniert?“ Sie späht über ihre Brille hinweg auf die vor uns liegende Straße, vermutlich auf der Suche nach schwarzen Limousinen.

„Das versucht er vielleicht. Oder er besticht sie vielleicht, um nach uns Ausschau zu halten. Und ich frage mich immer noch, wie diese Person auf dem Parkhaus dazu passt. So oder so wird es uns gut gehen. Wir gehen als Pärchen, getarnt, mit verdammt guten Papieren und einem Auto, das die meisten Diebe sofort verkaufen würden, sobald sie es in die Finger bekommen." Ich drücke ihre Hand.

„Es ist am besten, anzunehmen, dass wir durchkommen werden", murmelt sie schüchtern und ich nicke.

„Denk daran, was wir in Montreal tun werden, sobald wir dort sind. Quäl dich nicht mit dem Grenzübergang. Wir kommen durch, sie werden Fragen über Obst stellen und dann sind wir unterwegs."

Ich bin schon so oft über die Grenze nach Kanada und Mexiko gekommen, dass ich die Routine beinahe auswendig kenne. Was zu tun ist, was nicht zu tun ist, wie man sich anziehen sollte, was man fahren sollte. Nach welchen Warnsignalen sie suchen. Was passiert, wenn sie das Auto durchsuchen. Im Moment verberge ich, wie besorgt ich darüber bin, dass sie uns für eine Durchsuchung beiseitenehmen.

Die Waffe wird uns untergehen lassen. Und wenn die Grenzwachen bestochen wurden oder seine Männer zusehen, wird sie bis Sonnenuntergang wieder in den Händen ihres Vaters sein.

„Es wird gut gehen", sage ich erneut, und ich weiß nicht, ob es für mich oder für sie ist.

12

MELISSA

Chase ist angespannter, als er preisgeben will. Er hält es für mich zurück, also spiele ich mit und beruhige mich mit ein wenig Geplauder.

„Vielleicht sollten wir tatsächlich zu dem Filmfestival gehen. Du hast bereits die Tickets und ich war noch nie auf einem." Ich runzle die Stirn, als ich etwas realisiere. „Ich war überhaupt noch nie im Kino. Nie im Theater."

„Das können wir eindeutig ändern." Er legt seine Hand wieder zurück auf das Lenkrad. „Es ist nicht mehr so lustig wie es einmal war. Du kämst definitiv nicht mit einer Waffe in der Handtasche rein."

„Ich will mich nicht daran gewöhnen, dieses Ding bei mir zu tragen." Ich blicke auf meine Handtasche; der Griff der Waffe drückt das lavendelfarbene Leder leicht nach außen. Ich schiebe sie nervös mit den Füßen unter den Sitz.

„Du behältst sie nur zum Schutz, ich weiß, aber Waffen beunruhigen mich wie verrückt." Er atmet ungleichmäßig ein. „Zu viele schlechte Erinnerungen."

„Ich will das nicht in meinem Leben. Wenn du ohne eine

Waffe klarkommst, dann kann ich auch ohne eine überleben." Ich will es ihm wirklich nicht unbehaglich machen. Er hat bereits so viel für meinen Komfort geopfert — einschließlich zweier Chancen, mich zu vögeln.

Wir fahren vor. Mein Herz schlägt schnell. Ich ignoriere es und verschränke meine Hände über dem Pass auf meinem Schoß.

„Ich lade dich in ein nettes Restaurant ein, nachdem wir bei deinen Freunden waren. Ich habe definitiv das Geld dazu." Er grinst mich an und scheint sich nichts dabei zu denken, einen Teil seiner Bezahlung für mich auszugeben.

Das bringt mich zum Lächeln. Wo auf dem Weg sind wir von ‚ich' zu ‚wir' gekommen? Aber ich finde Trost darin.

Besonders als wir an das Fenster kommen und zwei ruhigen, gewöhnlichen Grenzposten in die Gesichter sehen. „Irgendwelche Nahrungsmittel, Obst, Gemüse oder Pflanzen?", fragt der eine, wobei er kaum aufsieht. Der andere ist stumm, blickt aber aufmerksam zwischen uns hin und her, als würde er sich unsere Gesichter einprägen.

„Nichts davon", erwidert Chase lässig, während ich versuche, mich nicht unter dem Blick des stummen Mannes zu winden.

Sein Partner stellt ein paar weitere Fragen nach Souvenirs aus unversiegeltem Holz, nach Tierhäuten, Drogen und Waffen. Als er nach den Waffen fragt, brauche ich meine komplette Selbstbeherrschung, um meinen Blick weiterhin auf meine Hände zu richten. Wir geben ihnen unsere Pässe — und bekommen beide einen Stempel; sie werden uns zurückgegeben und wir werden durchgewunken.

Und einfach so bin ich über die Grenze gekommen und außerhalb des Reviers meines Vaters! Dieser Bereich gehört dem Don von Montreal, und der hasst meinen Vater abgrundtief. Weshalb ich sein Revier ausgewählt habe. Die Tatsache, dass mich jemand für eine Weile beherbergen konnte, war zusätzliche Motivation.

Und jetzt brauche ich das nicht einmal.

„Puh! Siehst du? Kein Problem!" Chase lenkt das Auto auf die Schnellstraße hinter dem Übergang und wir fahren los, wobei wir knapp unter der Geschwindigkeitsbegrenzung bleiben. „Wie geht es dir?"

Ich wische mir über die Augen. „Ich bin frei! Ich bin weggekommen!"

Sein Grinsen wird breiter. „Das bist du! Jetzt lass uns deine Freunde besuchen."

Marcel und Amelie haben eine kleine Wohnung in Griffintown in einem Backsteinbau, der neben einem Park steht. Mein Magen flattert, als wir davor anhalten. Was werde ich ihnen sagen, wenn ich ihnen Chase vorstelle?

Und doch ... eine neue Welle der Erleichterung überkommt mich, als ich aussteige. Das ist es: die Ziellinie. Sobald ich an diese Tür klopfe, ist meine Reise beendet.

„Ich kann nicht glauben, dass wir wirklich hier sind", plappere ich.

„Hey, schreib das auch ein wenig mir zu. Ich hätte dich nicht im Stich gelassen." Seine Stimme zieht mich ein wenig auf, aber ich werde rot.

„So meine ich es nicht. Ich bin immer noch schockiert, wenn ich aufwache und nicht im Bett in der Villa meines Vaters liege." Ich blicke in seine Richtung und spüre, wie das Kribbeln in meinen Wangen angesichts seines mitfühlenden Blicks nachlässt.

„Oh. Das verstehe ich. Ich meine, so sehr ich das eben kann. Soll ich hierbleiben?" Er sieht sich vorsichtig um, während er spricht, kontrolliert die Straße, die geparkten Autos und die wenigen Leute, die unterwegs sind.

„Ich weiß nicht." Ich zögere. „Vielleicht sollte ich mit ihnen reden und sicherstellen, dass sie mit einem zusätzlichen Gast einverstanden sind? Und sie wissen lassen, dass wir nicht bleiben. Es wird schlecht aussehen, wenn ich mit einem Koffer und neuem Freund auftauche."

Er lacht. „Okay. Ruf mich an, wenn du alles erledigt hast. Ich hole mir Kaffee in diesem Laden, an dem wir vorhin vorbeigekommen sind."

Ich lasse meinen Koffer im Mercedes. Ich mache mir keine Sorgen darüber, dass Chase mit dem Rest meines Geldes verschwinden könnte. Ich vertraue ihm so sehr wie Amelie. Mehr — und das innerhalb noch weniger Zeit.

Wir küssen uns, bevor wir uns trennen, und es ist voller Hitze: Versprechungen für später.

Dann gehe ich die Treppe hoch.

Ich merke, wie mein Schritt leichter wird, meine Handtasche prallt auf meine Hüfte, während ich nach oben gehe. Die verdammte Waffe ist immer noch da drin. Mach die Handtasche bloß nicht auf, bis du wieder im SUV bist? Das Letzte, was ich brauchte, ist, dass ich Leuten Angst mache, die bereit waren, mich ungesehen zu sich zu nehmen.

Nachdem ich ein paar Stockwerke hochgegangen und in den labyrinthähnlichen Fluren falsch abgebogen bin, finde ich ihre Wohnung. Mein Herz schlägt schnell, als ich an die Tür klopfe. Ich höre ein Rascheln und Stimmen, dann geht jemand zur Tür.

Oh gut, sie sind zu Hause. Warum haben sie nicht abgenommen?

Eine Million Dinge gehen mir durch den Kopf, als die Tür geöffnet wird: Dankesworte, Entschuldigungen, Erklärungen, Anerkennung für das Fünkchen Hoffnung, als ich niemanden hatte. Ich habe Amelie oder Marcel noch nie gesehen, und trotzdem sind sie bereits die besten Freunde, die ich je hatte. Als die Tür aufgeht, bin ich glücklich, entspannt und hoffnungsvoll.

Aber dann sehe ich meinen Vater dort stehen.

Ich erstarre, selbst als die Stimme in meinem Kopf schreit, ich solle rennen. Es gibt kein Szenario in meinem Kopf, das die Anwesenheit meines grinsenden Vaters erlaubt, während er nach meinem Handgelenk greift. Meine beste Reaktion ist ein lauter Schrei, bevor er mich hineinzerrt.

„Da bist du, du kleine Schlampe." Seine große Hand trifft mein Gesicht und wirft mich dadurch zu Boden. Er lässt mich fallen und ich lande nur Zentimeter entfernt von fremden Schuhen. „Weißt du, welche Probleme du mir gemacht hast?"

Todesangst durchfährt mich wie ein Sturm. Ich zittere, empfinde den Drang zu flehen, zu lügen, zu erklären und alles zu tun, um ihn davon abzuhalten, mich umzubringen. Aber ich weiß, dass es nicht helfen wird, es hat Mom auch nicht geholfen. Er wird mich schlagen und vielleicht sogar erschießen, egal was ich sage.

Ich habe geschrien, irgendjemand muss es gehört haben. Das ist nicht Luccas Stadt. Und Chase war vermutlich in Hörweite.

Ausharren und hoffen, dass jemand kommt!

Stattdessen bleibe ich stumm. Benny sitzt ausdruckslos auf einer dreckigen Couch. Seine Waffe ist da und sie zeigt zur Seite, sein Arm liegt bequem auf seinem Schoß. Sie ist nicht auf mich gerichtet.

Ich drehe mich um und erkenne Marcel und Amelie, die steif und wie verängstigte Kinder am anderen Ende der Couch sitzen. Nicht gefesselt, stumm und nach vorne gerichtet—die Augen weit auf- und auf mich gerichtet.

Die Tatsache, dass ihre Hände nicht gefesselt sind, sagt mir mehr, als ich wissen will. Es sagt mir, dass die Waffe nur für den Fall ist. Es sagt mir etwas, das wesentlich schmerzhafter ist als der Tritt in meinen Rücken, der mein Kinn auf dem Boden aufprallen lässt.

Ich blicke mit aufgebissener Lippe und von meinem Kinn

herablaufendem Blut auf und möchte von meinen so genannten Freunden wissen: „Was habt ihr getan?"

Amelies Augen werden noch größer und sie wendet den Blick ab, wobei sie so tut, als hätte sie mich nicht gehört. Marcels Gesicht ist so ausdruckslos wie das von Benny.

Das macht mich wütend; Schock, Trauer, Angst und Verrat werden in einer Feuerexplosion weggebrannt. Bevor ich noch etwas sagen kann, holt mein Vater für einen Tritt in meine Rippen aus, woraufhin ich mich zusammenrolle, um mich zu schützen.

Ich rolle mich um meine Handtasche und die darin befindliche Waffe zusammen.

Ich beginne mit dem Reißverschluss zu kämpfen, während ich getreten werde. Die Tritte sind nicht einmal stark; sie sollen mehr Schmerzen als Verletzungen hervorrufen: Versohlen des Hinterns — nach Art meines Vaters.

Wenn ich nur die Chance bekomme, zwischen den Tritten Bennys Waffe herauszuholen und mich umzudrehen, werde ich das Gehirn meines Vaters auf der ganzen Wand verteilen.

„Nimm ihr Handy, sie will es sich holen", sagt mein Vater mit gelangweilter Stimme, woraufhin Benny meine Tasche am Gurt nimmt und daran zerrt.

„Nein!" Ich spanne mich um die Tasche herum an und hänge mit all meiner Kraft daran, dann reißt der Gurt.

„Verdammt." Benny steht auf. „Komm schon, Süße, du warst immer ein gutes Mädchen. Lass die verdammte Tasche los. Bring uns nicht dazu, dir wirklich wehzutun."

„Du gibst mich an einen verdammten Vergewaltiger, nachdem du meine Mutter umgebracht hast, und du willst mir sagen, ich soll ein gutes Mädchen sein?" Ich spucke Blut auf Amelies Vorleger aus Wolle, während sie einen leisen Schrei der Bestürzung loslässt.

Ich werfe ihr einen wilden Blick zu. *Oh, jetzt hast du was zu sagen, hm?*

Wie konnte ich so falsch liegen? Bin ich eine schlechte Menschenkennerin, weil ich mein ganzes Leben lang bei Monstern war?

Liege ich auch bei Chase falsch?

Vielleicht kommt er nicht. Vielleicht tut das niemand.

Verzweiflung trifft mich wie der polierte Schuh meines Vaters meinen Rücken, was meinen Trotz und meine Wut unterdrückt.

„Auf der Flucht nach Kanada mit irgendeinem Kerl, hm? Du bist besser immer noch Jungfrau, wenn ich dich Enzo gebe, du kleine Hure!"

Ich höre es, und jedes Wort trifft mich tiefer im Herz. Mein Monstervater hat mich. Meine Freunde haben mich verraten. Chase ist weg.

Ich bin allein.

Aber ... Moment. Bedeutet das, dass ich zu kämpfen aufhöre? Besonders da ich gleich sterben könnte?

Ich schließe die Augen ... und dann, mit einem letzten Aufbäumen freien Willens, reiße ich den Reißverschluss meiner Tasche auf.

Meine Hand schießt in die Öffnung, während ich mich umdrehe, und da steht mein Vater wie so viele Male zuvor über mir — aber dieser selbstgefällige Ausdruck verschwindet, als er mein Gesicht sieht.

Ich hole die Pistole nicht einmal aus der Handtasche, als meine Hand den Griff umschließt; ich entsichere sie nur.

Die Stahlkappe meines Stiefels schießt nach oben in seinen Schritt, bevor ich den Abzug drücke.

Amelie schreit, Marcel beginnt auf Französisch zu plappern. Ich weiß, dass ich auch etwas schreie, eine Mischung aus Obszönitäten auf Italienisch und Englisch, aber meine Ohren klingeln und alles scheint weit weg zu sein.

Der Ausdruck in seinem Gesicht ist jeden Schmerz wert. Ich schieße ihm zweimal in die Brust und er landet an meinen Füßen auf dem Boden. Ich setze mich auf und ziele diesmal auf seinen Kopf — dann schlägt mir etwas Hartes und Schweres auf den Hinterkopf und schickt mich in die Dunkelheit.

13

ALAN

Ich höre einen Tumult die Straße herunter, als ich den vollen Coffee-Shop betrete, aber ich bin sofort beschäftigt, als ein Junge mit einem Tablett in mich hineinläuft und einen halben Milchkaffee auf meinem Mantel verschüttet.

„Oh, scheiße, entschuldige, meine Schuld", sagt er, nimmt Servietten von dem Tablett und tupft mir unbeholfen über den Mantel.

„Ja, kein Problem, darf ich mal", grummle ich und merke, wie meine Wut ansteigt. Allerdings bin ich unwillig, mich mit einem armen Idiot anzulegen, dessen größtes Vergehen es war, nicht aufgepasst zu haben.

Ich hole mir Kaffee und ein Croissant und setze mich an einen winzigen runden Tisch in einer Ecke des vollgestopften Raumes. Ich habe mich kaum hingesetzt und den ersten Bissen genommen, als sich jemand aus der Menge löst und mir gegenüber setzt.

„Äh, hi", sage ich leicht verwirrt. Die Frau ist vielleicht Anfang dreißig, groß und eindrucksvoll, mit einem weißblonden Zopf, der sich in ihrem Nacken dreht. „Kann ich Ihnen irgendwie behilflich sein?"

„Nein, aber ich denke, ich kann Ihnen helfen, Mr. Alan Chase." Ihre Stimme ist leise und ruhig, mit einem leichten Akzent aus Georgia.

Meine Augenbrauen schießen in die Höhe. „Wer zur Hölle sind Sie?", frage ich, mehr verblüfft als feindselig.

„Special Agent Carolyn Steele", erwidert sie mit gesprächigem Ton, woraufhin sich mein Inneres verknotet.

„Sie sind außerhalb Ihres Zuständigkeitsbereiches, Special Agent", bemerke ich und sie nickt.

„Dessen bin ich mir bewusst. Und ich bin sowieso nicht wegen Ihnen hier." Ihre Stimme bleibt weiterhin ruhig.

Ich nehme einen Schluck meines Kaffees und betrachte sie. Sie sieht müde, aber konzentriert aus. Der Holster drückt sich leicht durch ihre Kostümjacke durch und sie lehnt sich nach vorne, wodurch kurz der Blick auf ihre Marke frei wird. Von dem, was ich sehen kann, ist sie echt.

Das könnte mir zu Hause Probleme machen. Ich lasse sie besser ausreden.

„In Ordnung, warum sind Sie hier?" Meine Gedanken rasen, irgendetwas stimmt nicht. Plötzlich bereue ich es, Melissa allein bei ihren Freunden zurückgelassen zu haben.

„Weil Gianni Lucca in Montreal ist."

Mir läuft ein Schauer über den Rücken. *Melissa.* Ich beginne aufzustehen. „Ich muss gehen."

„Warten Sie." Ihre Hand schießt nach vorne und greift mein Handgelenk mit überraschender Kraft. „Wenn Sie Ihrer Freundin ohne Plan und ohne Hilfe retten wollen, bekommen Sie nur eine Kugel ab."

Ich setze mich langsam wieder hin und starre sie an. „Woher wissen Sie von unserer Situation?"

Sie zieht ihre Hand zurück. „Wir haben Sie in Lloyd mehr als einen Monat lang beschattet."

Ich brauche einen Moment, um über meine Überraschung

hinwegzukommen. Ich war kurz davor, vom FBI erwischt zu werden? Aber anstatt mich festzunehmen, hat sie mir geholfen.

Ich zähle zwei und zwei zusammen. „Sie waren die Person mit der Taschenlampe? Auf dem Parkhaus?"

„Ja, das war ich. Ich bin froh, dass ich Ihre Aufmerksamkeit erregen konnte. Ich hatte keine Ahnung, dass Sie den Beruf gewechselt haben, um Ausreißern zu helfen." Sie sieht auf ihr Handy.

„Und Sie sind mir zur Grenze gefolgt."

„Ja." Ihre Stimme ist ruhig und sachlich. „Nicht direkt, aber wir haben die Grenzsicherung nach Ihnen Ausschau halten lassen. Keine schlechte Tarnung, aber ich habe Sie zu lange beobachtet, um getäuscht zu werden."

Wenn sie mich so lange beobachtet und nicht festgenommen hat, dann liegt es daran, dass sie mich nie bei einem Job erwischt hat. Das ist theoretisch gesehen nicht illegal. Die Waffe und die Pässe sind es allerdings, und das macht mich skeptisch.

„Bunte Kontaktlinsen reizen meine Augen." Ich starre sie an. „Worauf wollen Sie hinaus?"

„Es ist ziemlich einfach. Ich wurde beauftragt, Sie zu beobachten, bis Sie einen Fehler machen. Dann sind Sie los und haben etwas getan, das überhaupt nicht kriminell war, dafür aber geradezu heldenhaft. Und das hat Lucca nach draußen geführt, auf der Jagd nach seiner Tochter." Sie betrachtet mein Gesicht, als ich verstehe.

„Sie sind hinter Lucca her."

„Das stimmt. Also, ich kann nördlich der Grenze nichts anderes tun, als es den örtlichen Behörden zu melden. Finden Sie einen Weg, ihn in sein Revier zu schicken und wir können ihn an der Grenze schnappen." Ihre Augen funkeln verschwörerisch.

Wenn das passiert, muss Melissa keine Angst mehr haben. Zuerst muss ich sie von ihrem Vater wegbekommen.

„Sagen Sie, was bieten Sie mir an, wenn ich dabei helfe, Lucca aus Quebec zu verjagen?"

„Hilfe bei der Rettung Ihrer Freundin. Und ich werde in die andere Richtung sehen, wenn Sie in die USA zurückkehren." Ihr Blick ist bombenfest. Wenn sie lügt, dann ist sie die beste Lügnerin der Welt.

„Warum schnappen Sie sich Lucca nicht einfach, wenn er sie an die Grenze bringt und lassen mich da raus?" Warum zieht diese Agentin sie da mit rein?

Sie zögert. „Es geht nicht nur darum, Lucca zu bekommen. Melissa kann nicht so lange in seinen Fängen bleiben. Zum einen wird sie sofort zur Geisel. Und das ist nicht alles."

„Was sonst?"

„Als ich herausgefunden habe, wer dieses Mädchen ist, wusste ich sofort, was sie zu tun versucht. Wir kennen Lucca, seit die Leiche seiner Frau vor zwanzig Jahren in Jersey am Ufer angespült wurde. Der Mann ist ein Teufel. Sie können über die Polizei denken was Sie wollen, aber ich habe nicht für die verdammte Marke gearbeitet, um Kerle wie Lucca tun zu lassen, was auch immer sie wollen." Sie betrachtet mein Gesicht aufmerksam.

„Also haben Sie geholfen, unsere Flucht abzudecken, und jetzt bieten Sie noch mehr Hilfe an, weil ... warum? Wegen Melissa?" Ich glaube nicht an idealistische Cops. Besonders nicht an die über dreißig. „Wegen ihres gütigen Herzens?"

„Nein", antwortet sie, mit einer so grimmigen Stimme, so voller Wut unter der Oberfläche, dass es mich überrascht. „Denn ich *war* einmal Melissa."

Ich lehne mich zurück, verblüfft über ihre plötzliche Leidenschaft. Sie meint es nicht wörtlich. Aber so, wie sie sich anspannt und als harter Cop plötzlich mit einer abscheulichen Erinnerung kämpft, verstehe ich es.

„Scheint, als hätten viele Frauen damit zu tun." Das vergrößert meine Wut nur. Ich habe nie begriffen, wie man ein solcher Kerl sein kann, genau wie alle anderen Männer in meiner Familie. Gewalttätige Väter sind da draußen ... und an einem verdammten Wochenende habe ich zwei Frauen kennengelernt, die ihnen ausgesetzt waren.

„Es ist die Schwesternschaft, der niemand angehören möchte", seufzt sie und wendet den Blick ab. „Und sie ist größer als alle glauben mögen."

Es ist diese rohe Verletzlichkeit, die mich umstimmt.

Das, und mein Mangel an Optionen. Denn ich werde Melissa nicht in den Fängen ihres Vaters lassen.

„In Ordnung." Ich leere meinen Kaffee und lasse das angebissene Croissant auf meinem Teller liegen. „Wir gehen und Sie reden. Ich lasse sie nicht eine Sekunde länger in seinen Fängen."

Der Schnee fällt wieder, als wir zurückgehen; sie redet schnell, die Hände in die Taschen geschoben. „Die Wohnung wird überwacht. Die haben sie und zwei Bewohner als Geiseln. Zwei Männer sind in der Wohnung, einschließlich ihres Vaters, und vier Männer draußen in den Limousinen."

„Parken sie in Sichtweite der Wohnung?" Ich habe Probleme, trotz meiner Wut zu denken. Das ist das zweite Mal, dass ich jemanden umbringen möchte — einfach abknallen. Es ist kein gutes Gefühl.

„Nein, sie kommunizieren per Handy. Ich kann ihr Signal vorübergehend blockieren, aber damit bleiben immer noch vier bewaffnete Männer." Sie sieht mich an. „Haben Sie eine Waffe?"

„Wenn Sie mich kennen, sollten Sie wissen, dass ich keine trage." Ich kann die Schärfe nicht aus meiner Stimme halten. „Wenn Sie ihre Signale blockieren und sie mit der Waffe in

Schach halten, kann ich für eine Ablenkung sorgen, um die letzten zwei nach draußen zu bringen."

„Das wird etwas ziemlich Dramatisches erfordern. Keine Schießerei, hoffe ich?"

Ich schüttle den Kopf und lächle grimmig. Meine Gedanken kehren zu der Nacht zurück, in der ich Melissa gerettet habe. Dieser LTD hat mich so sehr an meinen Eigenen erinnert, der gerammt wurde.

„Nein. Ein Autounfall."

14

MELISSA

Ich wache mit gefesselten Händen, getrocknetem Blut am Kinn und dem Gelächter meines Vaters auf.

Mein Vater lebt noch! Ich habe ihn angeschossen, getreten, und es geht ihm gut genug, um zu lachen. Mir ist schwindelig, mein Kopf pocht, jede Stelle, an der er mich getreten hat, schmerzt, und für einen Moment frage ich mich, ob er wirklich ein böser Geist ist und einfach nicht getötet werden kann.

Ich bin auf der Couch und Amelie und Marcel kauern immer noch gehorsam am anderen Ende. Benny sitzt neben mir auf einem Stuhl. Mein Vater sieht mich vom anderen Ende des Raumes heimtückisch an.

„Ich habe dich erschossen", bringe ich nach einem Moment heraus. „Wie zur Hölle bist du noch am Leben?"

Er ist blass, schweißnass und hat Flecken auf den Wangen und der Nase. Er hat eine Flasche in der Hand — kein Glas mit einem dieser japanischen Eisbälle, die er so sehr mag, sondern eine halb leere Flasche mit fehlendem Deckel. Seine Krawatte und sein Jackett hat er ausgezogen.

„Ja, du hast auf mich geschossen, und ich muss zugeben, ich

bin beeindruckt." Er sitzt grinsend die, die Augen kleine Sicheln der Belustigung. „Irgendwie schmerzlich. Das einzige meiner Kinder mit Eiern in der Hose ist eine Tochter!"

Aufgrund meines stummen Blicks lacht er erneut und knöpft sein Hemd auf. Der Teil einer weißen schusssicheren Weste ist sichtbar. Mir rutscht das Herz in die Hose. „Ich hätte dir stattdessen ins Gesicht schießen sollen!"

„Das war dein Fehler, und du wirst keine Chance bekommen, um ihn ein weiteres Mal zu machen." Seine Stimme wird hart.

Marcel macht letztendlich doch den Mund auf. „Bitte, Sie haben sie jetzt. Können Sie uns nicht einfach das Geld geben und gehen? Ich musste den Nachbarn sagen, dass der Fernseher zu laut war."

Das bestätigt es. „Du hast mir eine Falle gestellt, du verdammtes Arschloch!", fauche ich in Marcels Richtung, der wegsieht, als hätte ich ihn soeben geohrfeigt.

„Oh, gib nicht Marcel die Schuld", platzt Benny dazwischen, der in seiner Tasche nach einem Wegwerfhandy fischt. „Ich habe dein Handy geklont, als wir dich in Lloyd erwischt haben. Dein Dad hat sie angerufen und von deinen Plänen erfahren."

Mein Vater lehnt sich nach vorne und sein Grinsen wird zu einer Grimasse. Seine Augen sind winzige Perlen. „Es braucht nicht viel, um sich die Kooperation der Leute zu sichern, wenn man einen Haufen Geld in der einen und eine Waffe in der anderen Hand hat, Liebling."

Ich starre Marcel und Amelie an. Amelie betrachtet mich nervös — dann kneift sie die Augen zusammen. „Du hättest uns verdammt nochmal sagen sollen, dass du vor der Mafia wegläufst!"

Mir stockt der Atem. Ich kann nicht sagen, dass sie falschliegt. Aber ihre enorme Feigheit und ihre Gier sind immer noch nicht zu übersehen. „Wie haben sie deine Adresse bekommen, Amelie?", frage ich.

Sie erblasst. „Was?"

„Deine Adresse war nicht in meinem Handy und ist online nicht zu finden. Ich habe nachgesehen, bevor ich geflohen bin, um sicherzustellen, dass mein Dad mich nicht verfolgen kann. Selbst wenn sie mein Handy geklont haben, können sie deine Adresse nur erfahren haben, wenn du sie ihnen gesagt hast."

Mein Vater lacht erneut, während er zusieht, wie ich die Teile zusammenfüge. Ich schlucke meine Tränen herunter, da ich ihn nicht länger belustigen möchte.

„Du hast es erfasst, Liebling", lacht mein Vater mit gehässiger Stimme. „Die Waffe kam erst raus, nachdem wir angekommen sind. Sie haben dich für Einlagengeld auf ein Haus hintergangen."

Ich starre Amelie an, all mein Geschrei in mir gefangen.

„Naja, ich ...", setzt sie an.

„Der Markt ist sehr konkurrenzfähig! Ohne das hätten wir keine Chance gehabt!", platzt Marcel heraus — und Amelie, die immer noch darauf aus ist, gut dazustehen, faucht ihn auf Französisch an. Er verstummt und funkelt sie an.

Es schmerzt trotzdem. Ich wende angewidert den Blick von ihnen ab.

Mein Vater bückt sich — wobei seine Brust leicht vor Schmerzen zuckt, aber sein Blick bleibt hart — und starrt mich an. „Du kannst mir nicht entkommen", sagt er mit rauer Stimme. „Du wirst mir niemals entkommen. Und glaub mir, du wirst hierfür bezahlen."

Ich starre zurück, ohne zu blinzeln. Ich bin noch nicht sicher, ob es bereits verloren ist, aber dennoch würde ich lieber mehr bluten als eine weitere Träne zu seinem Vergnügen zu vergießen.

Chase, wo bist du?

Mein Vater lacht und lehnt sich zurück. „Okay, Benny, ruf die Jungs an, sie sollen die Autos warmlaufen lassen. Es ist Zeit, nach Hause zu fahren.“

Benny benutzt pflichtgemäß das Wegwerfhandy. Nach einem Moment runzelt er die Stirn. „Ich habe keine Balken.“

„Das ist seltsam, ich hatte vor ein paar Minuten noch welche. Okay, geh nach unten und sag es diesen Mistkerlen persönlich. Ich will nicht in der Kälte sitzen, während die Heizung hochfährt.“ Er wedelt abweisend in Bennys Richtung, wobei er weiterhin ein Auge auf mich hat.

„Klar, Boss“, erwidert Benny, stemmt sich hoch und geht zur Tür. Er sieht mich einmal an und sieht dabei beinahe schuldbewusst aus.

Seine Hand liegt gerade auf der Klinke, als ein ohrenbetäubender Krach aus Metall und Glas uns alle zusammenzucken lässt. Es klingt wie ein Autounfall — der an der Seite des Gebäudes passiert ist.

„Was zur Hölle war das?“, fragt mein Vater, der Alkohol verschüttet, als er verärgert die Arme hebt.

Chase?

Mir gefriert das Blut in den Adern, als ich einen einzigen Schuss höre. Geschrei. *Oh nein, er hat keine Waffe! Aber sie haben Waffen — wird es ihm gut gehen?*

Ein weiterer Knall. Benny öffnet die Tür und lässt einen Stoß kalter Luft hinein, die mir an der Lippe schmerzt, dann rennt er hinaus und knallt sie hinter sich zu.

Mein Vater zieht seine Pistole hervor und richtet sie auf mich. „Ist das dein Freund, der da draußen Chaos verursacht?“

Ich starre trotzig in seine Augen. Ich will ihm Angst machen. Also lüge ich.

„Das ist die Sechste Familie, die dich holen kommt, Daddy. Sie haben den Transport arrangiert. Dieser Mann ist nur einer von ihnen. Ich kenne ihn nicht einmal.“

Die entsetzte Reaktion von Amelie und Marcel ist das Sahnehäubchen. „Was? Du hast unser Zuhause als Treffpunkt für Kriminelle missbraucht?"

„Warum nicht? Ihr habt eurer Zuhause benutzt, um mit dem Don von New York einen Hinterhalt für mich zu planen. Und nur damit das klar ist, wenn ihr mich nicht hintergangen hättet, hätten sie sich nie auf die Suche nach mir gemacht."

Amelie beginnt zu weinen. Ich drehe meinen ramponierten Kopf, um meinen Vater anzugrinsen — und blicke in den Lauf seiner Waffe.

„Pfeif sie zurück", verlangt er.

„Wie soll ich das bitte tun? Sie haben all die Macht. Du bist derjenige, der es verbockt hat und ohne Einladung ihr Revier betreten hat."

Er konnte noch nie erkennen, wenn ich lüge. Deshalb habe ich überlebt. Außerdem ist er betrunken.

Als die Flasche den Boden trifft und der Rest des Inhalts hinausläuft, bemerkt er es nicht einmal. Seine Waffe bebt.

„Du musst mich nur gehenlassen", sage ich leise, wobei ich mir nicht sicher bin, ob er mir gleich ins Gesicht schießen oder mich losmachen wird.

„Keine Chance." Er steckt seine Pistole wieder unter seinen Gürtel und trampelt zur Tür. „Ich werde das in Ordnung bringen. Ein paar Gefallen einfordern. Dein Chaos aufräumen. Dann gehen wir nach Hause, und du wirst dich den Konsequenzen stellen."

„Moment, was ist mit unserem Geld?", fragt Marcel und steht auf. „Sie haben gesagt —"

„Nicht, du Idiot —", beginne ich, aber es ist zu spät. Mein Vater zieht und feuert, kaum hinsehend, und Marcel fällt rückwärts hinter die Couch, Blut landet auf der Wand. Amelie beginnt wie eine Sirene zu schluchzen und stürzt zu ihm.

Mein Vater geht durch die Tür, steckt die Waffe weg und

setzt ein billiges Grinsen auf. Was wird er wirklich vorfinden? Er ist alleine, und auf was auch immer er sich vorbereitet, es ist nicht die Situation, die ihn erwarten wird.

Ich blicke nicht einmal zurück zu Amelie. Meine Füße sind nicht gefesselt — nur meine Hände hinter meinem Rücken. Ich stemme mich auf die Füße, wobei ich beinahe umfalle, und renne los, um meinen Fuß in die Tür zu klemmen, bevor sie sich schließt.

Ich lausche zwischen Amelies Schreien krampfhaft nach dem Verhallen der Schritte meines Vaters, dann stoße ich die Tür auf und sehe zu, wie er um die Ecke geht, auf die Hinterseite des Gebäudes zu, wo der Lärm des Unfalls hergekommen war.

Ich stolpere hinaus und renne in die andere Richtung, aus dem Gleichgewicht, aber so schnell ich kann. Ich schlage mir die Schulter an der Ecke an und verliere fast komplett die Balance, kann aber an der Treppe vor mir das Tageslicht sehen.

Ich rase zur letzten Ecke — und dann tritt eine Gestalt nach vorne und stößt beinahe mit mir zusammen.

Ich stolpere zurück, halte einen Schrei zurück — dann blicke ich in Chases bernsteinfarbenen Augen und schluchze vor Erleichterung.

„Oh mein Gott." Er umarmt mich fest, dann sieht er, dass meine Hände gefesselt sind, und zieht mich schnell um die Ecke. „Ich wollte kommen, um dich zu holen. Wie geht es deinen Freunden?"

„Ich will nicht darüber reden", keuche ich an seine Schulter, als er ein Taschenmesser herausholt und die Seile von meinen Handgelenken schneidet. „Lass uns einfach nur von hier verschwinden."

Er befreit meine Hände und greift eine davon, dann rennen wir das letzte Stück des Flurs und die Treppe hinunter. Draußen ist es still; mein Herz hämmert und ich frage mich, ob mein Vater gleich um die Ecke kommen wird.

Das Quietschen von Reifen kommt von der Auffahrt des Gebäudes. Ein ramponierter schwarzer LTD schießt vorbei, mit meinem Vater allein am Steuer. Wir können nur starren, als er ein wenig schleudert.

„Er ist abgehauen", flüstert Chase ungläubig. Eine Sekunde später rennt Benny hinter dem Auto her, wobei er verzweifelt mit den Armen wedelt. Das Auto wird kurz langsamer — fährt dann aber weiter und lässt Benny in einer Staubwolke zurück. Er rennt einfach weiter und verschwindet aus unserem Blickfeld.

Chase lacht. „Er ist abgehauen, ohne nach seinen Jungs zu sehen! Ich frage mich, was ihm solche Angst gemacht hat?"

Ich kämpfe ein Lächeln zurück. „Äh, was das angeht. Ich habe ihm irgendwie gesagt, du würdest für den Don von Montreal arbeiten. Er hat Todesangst vor dem Kerl."

Seine Augen weiten sich ... dann lacht er. „Heilige Scheiße, du bist fantastisch. Komm schon, verschwinden wir von hier."

Ich nicke und erlaube mir ein Lächeln. Es ist, als wäre mir ein Stein vom Herzen genommen worden.

Wir eilen die Straße hinunter zum SUV — wo wir von einer großen Frau mit fast silberfarbenem Zopf abgefangen werden. Ich komme schlitternd und mit pochendem Herzen zum Stehen, aber wenn sie eine Waffe hat, dann zieht sie sie nicht.

Chase hält an, sein Gesichtsausdruck zeugt von Ruhe. „Sie haben ihn türmen sehen?"

„Ja, er ist auf dem Weg in sein eigenes Revier. Drei seiner Männer sind auf dem Weg ins Krankenhaus, sobald der Krankenwagen kommt, und Lucca und die beiden anderen sind abgehauen. Danke für Ihre Kooperation." Sie ist so förmlich, dass ich sie sofort für irgendeine Art von Polizistin halte — Amerikanerin, nicht von hier.

„Ich habe meinen Teil eingehalten. Können wir gehen"? Chase wird angespannter.

„Da ist nur noch eine Sache." Dann dreht sie sich zu mir um und streckt mir eine Karte entgegen. „Wenn Sie Ihren Vater loswerden wollen, dann gibt es einen einfachen, legalen Weg, um das zu tun. Sie müssen nur gegen ihn aussagen."

„Sie meinen ... Sie planen, ihn wegzusperren?" Das bedeutet keine Flucht mehr!

„Ja, tue ich. Dank Chases Kooperation werden wir ihn uns schnappen, sobald er die Grenze überquert. Aber es wird Arbeit bedeuten, ihn hinter Gitter zu bringen."

Sie lächelt ein wenig. „Ihre Aussage könnte den entscheidenden Unterschied machen."

Chase hält liebevoll meine Hand. Wir sehen einander an, dann betrachte ich die Frau.

„Ein Mann in der 301 braucht einen Sanitäter, wenn er nicht bereits tot ist. Er hat eine Schusswunde in der Brust. Bitte kümmern Sie sich darum. Was die Aussage gegen meinen Vater angeht ... es gibt Bedingungen. Aber wir können einen Deal machen." Ich erwidere ihren Blick, während ich ihre Karte in meine Manteltasche schiebe.

Sie nickt und tippt etwas in ihr Handy. „Wer hat auf ihn geschossen?"

„Mein Vater. Ich hoffe, dass dieser Mann der letzte ist, dem er je wehtun wird." Der Gedanke an den zusammengebrochenen Marcel und die schreiende Amelie zerrt plötzlich an meinem Herzen.

Entschuldige, Marcel. Ich bin zum Teil schuld daran. Aber der Rest war deine Gier und Dummheit. Du bist ein beschissener Freund, aber ich hoffe, dass du nicht stirbst.

„Ich werde dafür sorgen, dass er vor diesen Schlägertypen behandelt wird. Sie werden die Rettungsschere brauchen, um sie aus ihren Autos zu schälen. Gute Arbeit mit dem Unfall", sagt sie zu Chase.

„Es war nur ein wenig Einfallsreichtum nötig, und ein Kantholz." Sein Lächeln ist angespannt. „Alles gut?"

Sie nickt und tritt zur Seite. „Dann erwarte ich in ein paar Tagen einen Anruf, Miss Lucca."

„In Ordnung." Ich wende mich wieder Chase zu. „Machen wir uns irgendwo sauber."

15

MELISSA

„**E**s tut mir so leid, dass ich nicht früher zu dir gekommen bin, Süße", sagt Chase im Hotelzimmer, als er mir aus der Kleidung hilft. „Geht es dir gut?"

Meine Lippe tut weh; er muss mich auf der anderen Seite meines Mundes küssen, damit er es nicht reizt. „Es wird mir gut gehen. Die Beule auf meinem Kopf ist vermutlich das Schlimmste, aber ich habe kaum Kopfschmerzen. Sehen wir uns nur den Schaden an."

Es ist nicht so schlimm, wie ich erwartet habe. Ich habe Schmerzen, aber die wirklichen blauen Flecken, Schnitte und Striemen sind nicht einmal ansatzweise das Krankenhaus wert. Ich hatte schon wesentlich Schlimmeres.

Er küsst jede Verletzung und führt mich in Unterwäsche ins Badezimmer, bevor er mich beinahe ehrfürchtig auszieht. Er zieht seinen Pullover aus und lässt mir ein Bad ein, dann lässt er mich in das heiße, duftende Wasser sinken und lehnt sich an den Badewannenrand, um mich vorsichtig zu waschen.

Meine Handgelenke brennen dort, wo sie gefesselt waren, aber es ist kein dauerhafter Schaden.

„Was ist passiert, nachdem ich in die Wohnung gegangen bin?", frage ich. Er weiß bereits von Marcel und Amelie: der Verrat für das Geld, das ich ihnen hätte geben können, die Dummheit, die Marcel eine Schusswunde eingebracht hat — möglicherweise tödlich.

„Die FBI Agentin kam zu mir. Sie hat die Wohnung beschatten lassen, nachdem sie deinem Dad von der Grenze aus gefolgt ist." Er fährt sanft mit dem schaumigen Schwamm über meinen Arm. „Sie hat angeboten, mir bei deiner Befreiung zu helfen, und ich hatte keine Wahl, also habe ich angenommen."

„Du hast einen Autounfall arrangiert? Wie?"

Er grinst schief, während er mir langsam den Rücken schrubbt. „Ich habe einen der Mietwagen der FBI Agentin in den Fuhrpark deines Dads rasen lassen, indem ich ein Kantholz auf das Gaspedal geklemmt habe. Ich abgehauen, bevor es geknallt hat."

„Wow." Kein Wunder, dass es ein so lauter Unfall war. „Ich wette, dass sie ihre Kaution nicht zurückbekommt." Seine zärtlichen Liebkosungen mit dem leicht kratzigen Schwamm beruhigen und erregen mich, wodurch die Geschehnisse des Tages mit dem Schaum weggewaschen werden.

„Nein, aber ich bezweifle, dass es sie schert. Sie ist irgendwie eigenwillig, und ich bin froh darum. Wenn sie sich an die Vorschriften gehalten hätte, wäre ich im Gefängnis und du vermutlich immer noch in den Fängen deines Vaters." Er wäscht meinen Hals ab und küsst mich dort sanft.

„Ich vermute, wir haben alle wirkliches Glück", murmle ich, bevor ich den Kopf drehe, um ihm meinen Mund anzubieten.

Endlich sind wir allein, hinter geschlossenen Türen, nicht auf der Flucht ... und ich sehne mich danach, es auszunutzen. Es gibt nichts mehr, was uns aufhält. Und wir wissen es beide. Ich kann es in dem Glänzen in seinen Augen sehen.

Das Bad und die Pflege meiner Wunden mischen sich mit

weiteren Liebkosungen. Der Schwamm umkreist meine Brüste, bis sich meine Brustwarzen nach ihm sehen, streicht über meine Oberschenkel und Pobacken wie eine große Zunge. Als er mich hochhebt, abgewaschen und tropfend, um mich zu dem violett gepolsterten Bett zu tragen, zittere ich und schnappe nach Luft.

Er legt mich hin und reißt sich förmlich die restlichen Klamotten vom Leib. Seine riesige Erektion springt an seinen muskulösen Bauch hoch; ich starre sie für einen kurzen Moment an, bevor er sich über mich legt und mich mit Küssen übersät.

Er erkundet jeden Teil meines Körpers mit seinen Händen und seinem Mund, seine Zunge fährt über meinen Hüftknochen, sein Mund hinterlässt Knutschflecken auf meinem Rücken, seine Zähne kratzen sanft über meinen Hals, während seine Hände meine Brüste kneten.

Als er schließlich meine Brustwarzen umschließt, komme ich fast zum Höhepunkt. Ich spanne mich an, reibe meine Oberschenkel aneinander, aus Frust darüber, dass ich ihn nicht erreiche.

„Ich brauche dich in mir", bringe ich heraus, und er sieht mich mit seinen goldbraunen Augen an, die voller Leidenschaft sind. Dann öffnet er sanft meine Beine und legt sich dazwischen. Seine Hand legt sich auf mich und stimuliert mich mit kleinen Bewegungen, als er sich mit beinahe unerträglicher Langsamkeit bewegt.

Als er endlich tief in mich eindringt, summe ich vor Verlangen, so unglaublich erregt, dass ich die Fersen in die Matratze drücke und ihm entgegenkomme.

„Ohh!", keucht er, spannt seine Muskeln an und wölbt den Rücken, während er mich in die Matratze presse. Seine Erektion pulsiert gleichzeitig mit seinem Herzen an meiner Brust.

„Oh Gott", stöhnt Chase in meine Schulter. Ich spanne mich

um ihn herum an und entlocke ihm ein weiteres Stöhnen, wobei er den Kopf nach hinten legt und den Mund öffnet. „Oh, so gut."

Er zittert über mir, sein Kampf um Selbstbeherrschung macht mich noch wilder. Er dehnt mich auf Arten, die die durch seine Finger hervorgerufenen Empfindungen noch verstecken; seine Hand bebt, während er mich streichelt, hört aber nie auf.

Er beginnt sich langsam zu bewegen, seine Bewegungen sind liebevoll, selbst während mich seine Finger dem Höhepunkt immer näherbringen. Ich summe jedes Mal leise, wenn er tief in mich eindringt, mein Atem ist unregelmäßig und wird flacher, während sich meine Muskeln anspannen.

Im Wissen was kommt, die Ekstase, bin ich umso begieriger, es erneut zu spüren. Und er bringt mich dort hin, geduldig und gemessen, bis ich danach flehe. „Oh ja, genau so", presse ich heraus. „Hör nicht auf!"

Mein ganzer Körper zittert, jede Bewegung seiner Finger und seiner Erektion fühlt sich besser an als die letzte. Ich klammere mich an seine Schultern und reibe mich an ihm; er schreit vor Lust und beschleunigt seine Bewegungen, während ich mich unter ihm winde und schluchze.

Und plötzlich ist es so weit, mein Körper hebt ab, Lust tost in mir, während ich hilflos bebe.

Er macht weiter, bis meine Schreie langsam leiser werden ... erst dann nimmt er seine Hand weg und hält meine Hüften fest.

Das Bett wackelt unter uns, die Federn quietschen, als er immer schneller und härter in mich eindringt. Unsere Bäuche schlagen aufeinander; Wonne umfasst mich und ich greife ihn, um meine Hüften nach oben zu drücken.

Die Befriedigung hat ihn verwandelt; er bewegt sich unermüdlich, jeder Muskel angespannt, der Atem stockend und unregelmäßig.

Ich rase auf einen weiteren Höhepunkt zu und sein Stöhnen

vermischt sich mit meinem. Ich hätte nie gedacht, dass sich Sex so gut anfühlen kann; jetzt weide ich mich daran. Es ist meine Rebellion. Es ist meine Rache. Es ist das Paradies.

Sein Gesicht zu betrachten, angespannt aber idyllisch, geöffneter Mund, geschlossene Augen, feuert meine Begierde weiter an. Er wird wieder schneller, härter, und ich spüre nichts als Hunger nach dem nächsten Stoß.

„Tu es, tu es, tu es", schluchze ich schamlos und merke, wie er sich unter meinen Händen anspannt. Ich tue es ihm gleich, mehr und mehr ... und dann schreie ich.

Er versteift sich und schreit ebenfalls, dann zuckt er in mir, als er so tief in mich eindringt wie möglich. Sein Keuchen und Stöhnen hallt von den Wänden wider, als seine Tage des Wartens ihr Ende finden; während ich zusehe, wie ihn seine Ekstase übermannt.

Es ebbt ab und er legt sich vorsichtig auf mich, immer noch in mir. „So gut", flüstert er ehrfürchtig, wobei er meinen Hals küsst.

Ich fahre mit den Händen über seinen Rücken und er schaudert; dann wandern meine Hände in sein abrasiertes Haar und er legt seinen Kopf auf meine Schulter, wo er sich völlig entspannt.

Es ist getan. Und mit jemandem den ich mag und mit dem ich zusammen sein will.

Mein Vater wäre rasend vor Wut.

Gut.

„Ich will mehr, wenn wir aufwachen", flüstere ich, als er uns dreht, sodass ich auf seiner Brust einschlafen kann.

„Gerne", erwidert er. „So viel du willst."

Als ich einschlafe, weiß ich, dass es viel sein wird. Jede Nacht. Für den Rest unseres Lebens, wenn wir zusammenbleiben können.

Und ich bin ziemlich sicher, dass wir das können, als ich in das Traumland gleite. Wir sind gut zusammen ... und alles in allem war unser Glück unglaublich.

16

ALAN

Wir sind seit zwei Tagen in diesem Hotelzimmer, bestellen den Zimmerservice und ziehen uns in den Jacuzzi auf dem Balkon zurück, wenn das Zimmermädchen zum Aufräumen kommt. Melissa heilt; ich bin erschöpft davon, jede Sexstellung zu demonstrieren, an der sie Interesse zeigt.

Das Personal hält uns für Frischvermählte und kichert auf Französisch über uns, wobei ich ihnen lausche, während ich Nichtwissen vortäusche. Ihre Gerüchte sind süß und unschuldig und wesentlich netter als die Wahrheit. Sie hätten nie wissen können, dass ich die Liebe meines Lebens vor weniger als einer Woche im Kofferraum eines Mafiaautos gefunden habe.

An vielen Tagen bin ich zweimal Kondome holen gegangen. Trotz meiner Größe haben wir kein Gleitmittel gebraucht. Sie schläft sich aus, während ich mich nach dem Duschen abtrockne und im Handtuch hinsetze, um die Neuigkeiten auf meinem Laptop anzusehen. Das Leben ist gut. Ich liebe eine wunderschöne, fantastische Frau, die bleiben will, wir wälzen uns im Geld und das FBI lässt mich und ihr Vater sie in Ruhe.

Vielleicht ist es nicht gerade ein Happy End. Wir haben

Chaos in der Stadt der sechsten Familie verursacht, und das ist eine gute Möglichkeit, um die Gastfreundlichkeit überzustrapazieren. Wir planen, meinen Truck zu holen und für den Winter nach Kalifornien zu fahren, sobald wir hören, dass Lucca und seine Vollstrecker gefasst wurden.

Danach werden wir eine Weile aus Montreal und New York fernbleiben müssen — und Chicago, wo ihr widerlicher „Verlobter" herkommt. Das ist in Ordnung. Es gibt einen ganzen Kontinent, den wir gemeinsam bereisen können.

Meine neue Freundin beim FBI hat Neuigkeiten für mich und mir eine verschlüsselte E-Mail geschickt. Es ist eigentlich ziemlich cool, eine Verbindung auf der richtigen Seite des Gesetzes zu haben. Als ich die E-Mail öffne und lese, bin ich alarmiert und sitze für eine Weile nur da.

DIE GUTEN NEUIGKEITEN:

Marcel Delacroix hat überlebt und wird vermutlich vollständig genesen. Er ist letzte Nacht aufgewacht und ansprechbar. Er und seine Frau kooperieren mit der Polizei von Montreal bei der Untersuchung der Schießerei.

Mehrere von Luccas Stellvertretern haben sich ergeben oder wurden festgenommen, zusammen mit Melissas Brüdern. Sie sollten keine Probleme haben, mit Melissa in die Staaten zurückzukehren.

DIE SCHLECHTEN NEUIGKEITEN:

Bedauerlicherweise wird es keinen Prozess geben. Gianni Lucca wurde von einem als Grenzposten verkleideten Attentäter erschossen. Er hat gesagt, der Don von Montreal ließe grüßen.

Lucca würde notoperiert und bis vor einer halben Stunde

wurden lebenserhaltende Maßnahmen durchgeführt. Auch wenn seine Männer wegen geringerer Verbrechen bestraft werden, werden wir Melissas Aussage vermutlich nicht brauchen. Auf der anderen Seite muss sie nicht länger Angst vor ihrem Vater haben.

Viel Glück da draußen!

Ich schalte das Laptop aus, schließe es und ziehe es vom Netz. Dann packe ich leise all unsere Sachen. Es ist immer noch vor Checkout-Zeit.

Melissa dreht sich um und blinzelt mich schläfrig an. „Was ist?", murmelt sie.

„Keine dringende Situation, Süße, aber wir müssen raus aus Montreal. Deine Familie hat hier Staub aufgewirbelt und die örtliche Familie ist sauer. Sie werden uns vermutlich für nichts die Schuld geben, aber ich habe das Gefühl, wir sollten ihnen Raum lassen."

Ich sage ihr noch nicht, dass ihr Vater tot ist; wir haben keine Zeit, um uns hinzusetzen und es zu verarbeiten.

„Das klingt ziemlich düster. Ich bin immerhin immer noch eine Lucca. Sie haben keine Ahnung, dass ich vor ihm geflohen bin." Sie bleibt ruhig und steht auf, dann geht sie zu ihrem Koffer, um sich frische Klamotten zu holen.

Der Kerl hinter der Rezeption kommt mir merkwürdig bekannt vor und beobachtet uns mit stechend dunklen Augen, als wir auschecken. Ich bin müde und habe es eilig; ich denke erst später daran, als wir die Grenze überqueren, um meinen Truck zu holen.

Ein als Grenzposten verkleideter Attentäter.

„Oh scheiße", murmle ich. Ich erinnere mich an ihn. Der Mann, der uns angestarrt hat, während der andere geredet hat.

„Was ist?", fragt sie schnell mit Sorge in der Stimme, wobei sie sich zu mir umdreht.

„Ich glaube, wir wurden im Hotel beobachtet", erwidere ich so vorsichtig, wie ich kann. „Umso besser, dass wir gegangen sind."

An diesem Abend erzähle ich Melissa von ihrem Vater, sobald wir meinen Truck bei Paulie geholt haben. Wir parken auf einem Walmart Parkplatz neben ein paar Campern und sitzen in dem warmen Raum, während ich ihre Hände halte.

„Wissen sie, wer es war?", fragt sie atemlos. Ihr Gesicht ist blass und sie hat Probleme, die Neuigkeit zu verarbeiten.

„Keine Ahnung. Vielleicht jemand von der Sechsten Familie, vielleicht jemand, den sie angeheuert haben. Zwischen den Kugeln, dem Unfall und der späten Ankunft im Krankenhaus hat dein Dad es nicht geschafft."

Sie schließt die Augen und lehnt sich an die Kissen am Kopfende des Bettes, wobei sie leise seufzt und die Seite ihres pinkfarbenen Nachthemds glattstreicht. Meine Augen verfolgen die Bewegung und meine Leistengegend rührt sich trotz der düsteren Unterhaltung.

„Gut", sagt sie leise. Tränen der Erleichterung laufen ihr über die Wangen. „Wenn er tot ist, bin ich wirklich frei."

Ich lege mich neben sie und ziehe sie in meine Arme. „Ja", tröste ich sie und küsse ihre Tränen weg, „bist du. Und ich werde dafür sorgen, dass es für uns beide so bleibt."

Ende.

www.ingramcontent.com/pod-product-compliance
Lightning Source LLC
Chambersburg PA
CBHW061737050726

47598CB00002B/514